Aurea und die Homomaskulinen

Umschlagsfoto:

„Mädchen"

(Aquarell von A. Launus)

Aurea und die Homomaskulinen

Zukunftsroman von Marion Scheer

(2001/2024)

Impressum:

Bibliografische Information der Deutschen Nationalbibliothek: Die Deutsche Nationalbibliothek verzeich-
net diese Publikation in der Deutschen Nationalbibli-
ografie; detaillierte bibliografische Daten sind im
Internet über dnb.dnb.de abrufbar.

© 2024 Marion Scheer

Verlag: BoD · Books on Demand GmbH, In de Tarpen 42,
22848 Norderstedt
Druck: Libri Plureos GmbH, Friedensallee 273,
22763 Hamburg
ISBN: 978-3-7693-0788-7

Kapitelübersicht:

I

Zoobericht

"Dein Bericht über unseren Zoobesuch ist besonders lebendig, Aurea. Wenn die anderen einverstanden sind, werden wir ihn für den Schülerinnen-Wettbewerb vorschlagen." Frau Opis wedelte mit dem winzigen Speicherkristall durch die Luft, so als könne irgendjemand im Klassenraum darauf etwas von dem Text erkennen.

Aurea errötete. Sie stand nicht gern im Mittelpunkt. Die Mitschülerinnen neideten ihr, dass sie durch ihre guten Leistungen bei den Lehrerinnen besonders beliebt war. Eigentlich hatte sie in der Oberstufe aus diesem Grund schon keine Freundin mehr.

Das war ziemlich hart für sie. Zumal auch ihre Mutter wenig freie Zeit hatte. Sie arbeitete als Wissenschaftlerin im bedeutenden naturwissenschaftlichen Zentrum der Stadt und kam manchmal tagelang nur zum Schlafen nach Hause.

Eine freundliche kleine Hausmeisterin hielt zwar die Wohnungsroboter unter Aufsicht, aber außer einiger belangloser Worte erhielt das junge Mädchen auch von ihr keine Zuwendung.

Die Amme war bereits aus ihren Diensten ausgeschieden, als Aurea zehn Jahre alt wurde. Sie war lieb und mollig gewesen, ihre Lenis, eine richtig knuddelige Mami. Und wenn sie jetzt daran dachte, wie sie als kleines Mädchen in ihren weichen Armen gekuschelt hatte, wurde sie vor Sehnsucht ganz traurig.

Ja, wenn sie eine echte Freundin hätte, eine, der frau alles anvertrauen könnte, eine, mit der frau durch dick und dünn gehen könnte, eine, die nicht vor Nähe und Zärtlichkeit zurück schreckte ...

"Aurea, Aurea, schläfst du?", brüllte die hyperaktive Lehrerin sie lachend an. "Bist du nun damit einverstanden, uns das Kapitel über die Primaten selbst vorzutragen?"

Die Schülerin schüttelte ihre Erinnerungen ab und wandte sich etwas widerwillig ihrer Klasse zu, während sie tonlos und ohne jegliche Begeisterung zu sprechen begann: "Wenn ihr es hören wollt, gern."

Dann schob sie das Kristallplättchen in die Vorrichtung an ihrem Multifunktions-Armband, kurz

MFA genannt, und mit einem einzigen präzisen Gedanken fand sie sofort die richtige Stelle ihres Berichtes. Der Text wurde, so schnell sie es wünschte, gleich in die entsprechende Gehirnstelle eingespeist. Nun entschied sie sich selbstverständlich für das Sprachzentrum und die Geschwindigkeit, mit der die Übertragung stattfand, wurde automatisch ihrem Sprechrhythmus angepasst.

Wie bei allen ihren Zoobesuchen hatte sie sich in der Primatenabteilung besonders lange aufgehalten. Entsprechend interessant und umfangreich war ihr Bericht darüber dann ausgefallen.

Der Zoo befand sich nicht weit von ihrem Zuhause. Und da ihre Mutter im Institut unmittelbar daneben arbeitete, hatte Aurea bei den vielen exotischen, teilweise unter schwierigsten Bedingungen nachgezüchteten Tieren, so etwas wie eine zweite Heimstatt gefunden.

Schon als ganz kleines Mädchen war sie mit Lenis im Gleiter mal über und mal zwischen den verschiedenen Freilandgehegen und Käfigen umhergeflogen. Die riesigen stark behaarten Elefanten trompeteten jedes Mal aufgeregt, und die Giraffen reckten die langen gefleckten und seltsam buckligen Hälse nach ihnen. Nur die sanften schwarz weißen Kühe mit den schlanken gezwirbelten Hörnern schwenkten ihre bodenlangen dicken Schwänze und ließen sich nicht eine Sekunde beim Grasen stören.

Zwischendurch gab es regelmäßig eine Pause mit irgendeiner Leckerei bei der Schimpansen-Familie. Meistens war Aureas Begeisterung groß, wenn sie die fröhlichen Tierchen mit den vier starken Gliedmaßen bei ihren Turnübungen oder bei ihren seltsamen Essgewohnheiten beobachten durfte. Aber je älter sie wurde, zog eine andere Abteilung der frauenähnlichen Wesen sie viel mehr an.

Das war das Haus der Homomaskulinen.

"Es ist warm im Glashaus der Homomaskulinen. Die Sonne scheint blendend durch die blanken fast unsichtbaren Scheiben in den üppig bepflanzten Garten. Ein seltsam strenger Geruch dringt bis auf die Zuschauerterrasse.

Ich bin den anderen vorausgeeilt, habe die Abteilung der heimischen Tierwelt mit Bären, Luchsen, Wölfen und den großen Greifvögeln ausfallen lassen, um einige Momente in Ruhe meinen intensiven Betrachtungen zu widmen.

Sie streiten wieder. Heute wirken sie aggressiv und laut. Obwohl ich gerade die einzige Zuschauerin bin. Sie scheinen erneut Rangkämpfe auszutragen. Es ist Frühjahr, das macht sie immer sehr unruhig.

Zwei riesige muskulöse Exemplare mit struppigen langen Bärten und dunkler Körperbehaarung ringen miteinander. Sie stoßen dabei die typischen unartikulierten Schreie aus. Der Rest der Herde kauert am Boden und wohnt dem faszinierenden Schauspiel mit offensichtlicher innerer Beteiligung bei.

Es erschallen Laute, die Anfeuerungsrufe sein könnten. Wem von den beiden Kämpfern sie gelten, kann ich leider nicht feststellen. Einige jüngere Homos sondern sich jetzt ab und beginnen das Kampfgeschehen nachzuahmen. Sie haben keine richtigen Bärte und ihre Körper sind noch unbehaart. Aber nur stellenweise schimmert helle Haut zwischen dem Schmutz hervor, in dem sie sich ständig suhlen.

Sie kämpfen ungelenk und hitzig. Schon bald liegen mehrere von ihnen übereinander und ziehen sich gegenseitig die nackten Schwänzchen lang. Während sie kreischen und blaffen, geht der echte Kampf in voller Härte weiter. Die Gegner haben sich mit den scharfen Krallen und großen gelben Zähnen gegenseitig blutende Wunden zugefügt. Ein zitternd dabei hockender Greis hält sich abwechselnd die Augen zu und laust dann wieder ein auf seinem Schoß sitzendes Jungtier.

Mit einem durchdringenden Schmerzensschrei quittiert der offenbar schwächere Kämpfer einen soeben eingesteckten Tritt in den Unterleib. Er windet sich anschließend blutend am Boden. Bevor der Überlegene nachsetzen kann, erscheint die Wärterin mit der Betäubungspistole.

Die Frau ist kräftig und furchtlos.

Die Homomaskulinen wissen, dass sie ihre Herrin ist. Sie flüchten winselnd bis in die äußerste Ecke des Gartens. Nur der Schwerverletzte bleibt erschöpft liegen.

Der Sieger hingegen richtet sich zu voller Größe auf. Er mag an die zwei Meter messen. Sein Haar ist blutverschmiert. Eine nässende Wunde klafft an seinem Oberschenkel. Er ballt die Hände zu Fäusten, trommelt damit auf seine mächtige Brust und stößt ein ohrenbetäubendes Triumphgeheul aus. Dabei dreht er sich im Kreise, so als wolle er seinen Sieg in alle Himmelsrichtungen verkünden.

Kurz streift mich sein wilder Blick.

Ich erstarre beinahe zu Eis vor Grauen, bei der Begegnung mit seinem gierigen Augenpaar, das eine brutale ursprüngliche Macht offenbart. Dann trifft ihn der Strahl der Waffe. Sein kraftvoller Schrei erstirbt zu einem gurgelnden Laut. Der Koloss sackt betäubt in sich zusammen."

Die Mitschülerinnen saßen atemlos mit weit aufgerissenen Augen da und lauschten Aureas Erzählung. Nicht mit einem einzigen Wort hatte sie ihre Beobachtungen während des gemeinsamen Zoobesuches erwähnt.

Als die Gruppe beim Haus der Homomaskulinen aufgetaucht war, hatte die Wärterin die beiden verletzten Exemplare längst weggeschafft. Schließlich kamen die Zuschauerinnen zu ihrer Erbauung in den Zoo und sollten hier keine blutverschmierten Tiere präsentiert bekommen. Es musste immer alles ordentlich, artgerecht und sauber wirken.

"Ist ganz passabel, der Bericht. Aber ich glaube, da ist wieder die Fantasie mit Aurea durchgegangen. Die Homos sind zwar stinkende gierige Wesen, sie würden sich jedoch nicht gegenseitig fast umbringen." Es war Fama, die sich wie immer gegen sie stellte.

Aber Frau Opis ergriff sofort die Partei ihrer Lieblingsschülerin: "Fama, ich glaube du hast das Biologieprogramm nicht sehr intensiv bearbeitet. Sonst wäre dir sicherlich bekannt, dass die Homomaskulinen höchst aggressiv und deshalb, wie die großen Raubkatzen, nicht zu domestizieren sind. Dass sie mit ihrer Gewalttätigkeit auch nicht vor der eigenen Spezies haltmachen, haben sie im Verlauf der Frühgeschichte schon ausreichend unter Beweis gestellt. Oder ist die Historie etwa auch nicht deine Stärke?"

Es entwickelte sich eine rege Diskussion. Aurea war vorerst froh, dass sie nicht mehr im Mittelpunkt des Interesses stand.

Bei einer sachlichen Debatte hatte sie immer gute Argumente, weil sie die vorgeschriebenen Schulprogramme nicht nur unreflektiert in ihr Gehirn abspeicherte. Sie beschäftigte sich oft tagelang mit einem Kapitel, bis sie alle Lerninhalte vollkommen durchdrungen hatte. Das zahlte sich bei Diskussionen und Prüfungen aus. Sie bemerkte auch, dass sie nach und nach immer leichter und schneller lernte.

Ihre Gehirnkapazität hatte schon fast ihr Maximum erreicht, und manchmal fühlte sie sich den Lehrerinnen sogar überlegen. Diese waren im-

mer nur Expertinnen für einen bestimmten Lern-
bereich. Aurea hingegen beschäftigte sich seit
Jahren mit sämtlichem vorhandenen Wissen.
Ihre Sammlung an Lernchips war fast vollständig.
Es fehlten nur noch wenige Bereiche auf dem
Gebiet der Staatslehre.

Sie musste ehrlich zugeben, dass sie sich für ge-
sellschaftliche Belange nicht so sehr interessierte, wie für die Naturwissenschaften. Vielleicht
war das ein Erbe ihrer Mutter, oder es lag an
ihrem nicht gerade ausgeprägten Gemein-
schaftsgefühl. Glücklicherweise war diese Wis-
senslücke bisher noch von keiner Lehrerin wirklich bemerkt worden.

Der theoretische Unterricht war für heute beendet. Die Schülerinnen zerstreuten sich schnell.
Fast alle bewegten sich in kleinen Gruppen den
Aufenthaltsorten für die Mittagspause zu. Die
meisten nahmen an der gemeinsamen Mittagsta-
fel in der Schule teil. Einige benutzten auch ihre
Gleiter, um für zwei Stunden nach Hause zu fliegen.

Aurea hatte es nicht sehr weit. Sie schlenderte
gern durch die gepflegten hellen Straßen, an
bunten flimmernden Werbe-Hologrammen vorbei zu ihrer Wohnung im nächsten Stadtviertel.

Gemeinsam mit ihrer Mutter lebte sie in einem riesigen, sehr schön begrünten, Terrassenhaus. Sie konnte von dem geräumigen Balkon über die Stadt bis zur Schule und an der anderen Seite bis zum Zoo sehen.

Gern zog sie sich hierher in den Mußestunden zurück. Meistens lag die Wohnung mittags verlassen und friedlich da. Die Möblierung war hell und freundlich. Die Wohnungsroboter sorgten unaufdringlich für Ordnung, Sauberkeit, gute Belüftung und jeglichen Service, den eine Frau innerhalb ihrer eigenen vier Wände benötigte.

Aurea näherte ihr MFA kurz der Markierung an der Wohnungstür. Sie erhielt gleichzeitig mit dem Piep-Ton, der die Tür öffnete, das Signal, dass sich bereits jemand in der Wohnung befand. Ihr Herz begann erregt zu schlagen, so dass die kleine Leuchtdiode an ihrem Handgelenk, die ihre sämtlichen Körperfunktionen ständig überwachte, für kurze Zeit blinkte. Konnte es möglich sein, dass ihre Mutter um diese ungewöhnliche Zeit zu Hause war?

"Friede sei mit dir, Aurea! Isst du heute nicht in der Schule?", kam die schlanke große Frau auf ihre Tochter zu. Sie gab ihr einen flüchtigen Kuss und drückte sie kurz an ihr Herz.

"Hi, Anima! Friede mit dir! Ich esse doch fast nie in der Schule. Aber was machst du heute so früh schon zu Hause? Hast du etwa Urlaub bekommen?", antwortete die Tochter erstaunt und erfreut zugleich.

"Na, ja, nicht direkt. Aber ich habe in der letzten Zeit soviel gearbeitet, dass ich heute mal ein wenig ausruhen darf. Ich bestelle uns jetzt etwas Ausgefallenes zum Essen, ja? - Wir haben übrigens Besuch."

Die Mutter zog das Mädchen hinter sich her ins Speisezimmer. Dort rekelte sich eine üppige Brünette bereits auf einem der Sitzkissen um den niedrigen Tisch, als ob sie hier ebenfalls zu Hause wäre.

Aurea wirkte nicht gerade begeistert, als Anima die Fremde vertraut um die Schultern fasste und liebreizend lächelnd vorstellte: "Das ist Doktorin Ferox, eine ganz entzückende Kollegin aus dem Institut. Ich habe sie heute zum Essen eingeladen."

Die Brünette drückte Anima einen zärtlichen Kuss auf die Wange, erhob sich dann und nahm die widerstrebende Aurea in den Arm, um sie zu begrüßen. Das Mädchen spürte den vollen weichen Busen der Frau. Es war eine andere Berüh-

17

rung, als die ihrer schlanken kühlen Mutter. Ferox schob sie nun mit ausgestreckten Armen von sich, um sie eingehend zu betrachten. "Eine wunderhübsche Tochter hast du da, Anima. Wenn sie wirklich so intelligent ist, wie du erzählt hast, wird sie eine glänzende Zukunft haben."

Aurea blieb bei der Begrüßungszeremonie völlig passiv. Sie fand die Frau nicht unsympathisch. Aber irgendwie vermutete sie, dass Mutter zu ihr eine tiefere Beziehung hatte. Die kindliche Eifersucht regte sich heftig in ihr. Sie mochte diese Art von besten Freundinnen ihrer Mutter überhaupt nicht. Sie entrissen ihr auch noch das letzte bisschen Liebe und Zuwendung der viel beschäftigten Frau.

Schweigend hockte Aurea am Esstisch. Der Bedienungsroboter brachte die Reinigungstücher für die Hände und bekam von der Hausfrau die Bestellung vermittelt. Kurze Zeit später erschien er mit den Speisen in warmen Schüsseln.

Die beiden Frauen beachteten Aureas Verstimmung nicht, sondern unterhielten sich sehr angeregt über ein neues Fitnessprogramm. Das Mädchen löffelte das schmackhafte Algengericht wortlos in sich hinein und trank dazu aromatisiertes mit Vitaminen angereichertes Wasser.

Plötzlich schien der Mutter aufzufallen, dass Aurea sich wie ein ausgemusterter Gleiter vorkommen musste.

"Habe ich dir erzählt, dass Doktorin Ferox Versuche mit Homomaskulinen macht? Du interessierst dich doch so sehr dafür. Vielleicht berichtet sie dir gelegentlich davon. Oder du kannst sie sogar mal im Institut besuchen", verkündete sie aufmunternd.

Die Üppige sah sie lächelnd an und nickte zustimmend, dann meinte sie: "Aber heute wollen wir richtig ausspannen und nicht über die Arbeit reden. Einverstanden?"

Anima gab der Freundin einen bestätigenden Kuss auf die Wange.

"Ich schlage vor, dass wir nach dem Essen etwas entspannen und dann ins Freizeitzentrum gleiten. Aurea, wenn du am Nachmittag nichts anderes zu erledigen hast, kannst du gern mit uns kommen."

"Ich weiß nicht recht - eigentlich muss ich auf dem Gebiet der Staatslehre noch einiges einspeichern. Aber besonderen Spaß macht mir der Gedanke gerade nicht." Aurea war unentschlossen. Insgeheim hatte sie Angst davor, sich das Geturtel der beiden Verliebten den ganzen Nachmittag ansehen zu müssen. Sie kannte ihre Mutter diesbezüglich nur zu gut. Solange eine Beziehung sehr frisch war, stellte sie leicht alles andere dafür zurück.

Aber ihre Liebschaften kühlten sich immer genauso plötzlich wieder ab, wie sie begonnen hatten. Zu einer Wohngemeinschaft, wie sie viele andere Frauen pflegten, hatte es bei Anima niemals gereicht. Vielleicht war die Mutter einfach zu anspruchsvoll, was ihre Partnerinnen anging.

Während Aurea sich auf ihrem Silikonbett ausruhte, ließ sie sich von sanfter Musik, die mit Vogelgezwitscher untermalt war, beruhigen. Wohltuende zarte Lichtreflexe, wie sie in einem Frühlingswald vorkommen, umgaben sie ringsum.

Der Wohnungsroboter sorgte für das passende Luftgemisch mit dem entsprechenden Aroma. Aber ihre Gedanken wollten nicht zur Ruhe kommen. Anstatt in die gewünschte tiefe Meditation zu verfallen, beschäftigte das Mädchen sich mit Vorstellungen über die eigene Zukunft.

Ob sie selbst auch in ständig wechselnden Beziehungen ihre Befriedigung finden würde, wie ihre Mutter? Oder war es ihr beschieden eine oder

mehrere feste Partnerinnen für eine Wohngemeinschaft zu finden?

Das war eigentlich in ihrer Gesellschaft gar nicht
so selten. Famas Mutter lebte sogar mit vier
Frauen gleichzeitig zusammen. Die Mitschülerin
bildete sich darauf einiges ein, weil sie zu Hause
jede Menge Zuwendung bekam. Sie wohnte mit
der Mutter und deren Lebensgefährtinnen in
einem supermodernen Haus am Stadtrand,
gleich vor der unüberwindlichen Grenze zur
Wildnis.

Nachts konnte sie angeblich die Schreie der wilden Tiere hören. Aber Fama machte sich gern
wichtig. Sie wollte vor etwa einem Jahr tatsächlich beinahe von einem ausgebrochenen Homomaskulinen gekidnappt worden sein. Aurea fragte sich lächelnd, wer von ihnen beiden zu viel
Fantasie besaß.

Plötzlich sprang ihr mit einem mächtigen Satz ein
mittelgroßes lila Wollknäuel auf die Brust. Es
entpuppte sich als ihre Katze Largiri, ein Geburts-
tagsgeschenk der Mutter.

Largiri war eine von den vielen neuen Züchtungen, die durch interessante genetische Experi-
mente zustande kamen und auf den Wunschlis-
ten der Mädchen an erster Stelle rangierten.

Aurea kraulte Largiri hinter den übergroßen Ohren, bis das Tierchen dankbar schnurrte. Dann zauste sie das seidige lila Fell und zwickte sie in den buschigen kurzen Schwanz.

Die Katze liebte es, so mit ihr zu spielen, und Aurea hatte ebenfalls viel Spaß dabei. Sie vergaß für einige Minuten ihre Einsamkeit und die missgünstigen Schulkameradinnen. Largiri biss sich spielerisch in Aureas langem goldenen Haar fest und drehte sich fast ganz darin ein, so dass das Mädchen Mühe hatte, sich wieder von seiner drolligen Spielgefährtin zu befreien.

"Largiri, Schluss jetzt! Du reißt mir noch mein Haar aus. Ich bin doch kein kleines Mädchen mehr! Was sollen Anima und ihre neue Freundin von mir denken, wenn ich wie ein zerrupfter Wuschel aussehe?"

Aurea rollte sich von ihrem Lager auf den Fußboden, um dem anhänglichen Schmusekätzchen zu entkommen. Da hörte sie auch schon die Stimme ihrer Mutter durch das MFA nach ihr rufen. Schnell richtete sie sich auf, strich ihr Haar ordentlich aus dem Gesicht und setzte Largiri in ihre kleine Schlafhöhle in einer Ecke des Zimmers. Dann begab sie sich eiligst in den Gemeinschaftsraum.

Doktorin Ferox hielt Anima fest umschlungen. Die beiden Frauen trugen bereits ihre Freizeitanzüge aus einem seidig glänzenden elastischen Material. Es wirkte wie eine zweite Haut, weil sich sämtliche Körperformen exakt abzeichneten.

Anima löste sich sanft aus der Umklammerung, als die Tochter den Raum betrat und meinte eine Spur vorwurfsvoll: "Aber Mädchen, du siehst ja ganz zerzaust aus und fertig umgezogen bist du auch noch nicht. Möchtest du den Nachmittag nicht mit uns verbringen?"

"Ach, Largiri hat mich nur gerade überfallen. Aber wenn ich es mir recht überlege, ist es wahrscheinlich besser, heute noch ein wenig zu lernen. Ich bekomme sonst diese fürchterliche Staatsgeschichte niemals in mein Gehirn."

Doktorin Ferox lachte wie eine helle Glocke.

"Staatsgeschichte mochte ich auch nie besonders. Nur die Frühgeschichte hat mich immer fasziniert - natürlich auch wegen der Homomaskulinen. Aber heute werde ich dir das nicht näher erläutern, denn dann kommen deine Mutter und ich überhaupt nicht zu unserem schönen freien Nachmittag."

Während die beiden Frauen miteinander scherzend das Haus verließen, verschwand Aurea im Pflegebereich.

Ein Roboter aus weichem angenehm warmem Material nahm ihr die Kleidung ab und begann mit der Körperpflege. Nach der feuchten Reinigung wurde die Haut im milden Luftstrom getrocknet und anschließend gesalbt und leicht massiert. Auch das schöne glänzende Haar pflegte der künstliche Diener mit einer wohlriechenden Lotion seidig und bürstete es mehrfach gut durch. Aurea fühlte sich jetzt angenehm frisch und wieder voll leistungsfähig.

Spielerisch drückte sie dem hilfreichen Pflegerobo einen Kuss auf den Deckel der Schaltzentrale. Danach beobachtete sie lachend, wie er mit einem Hygienetuch versuchte die Verunreinigung sofort zu beseitigen.

Sie wusste aus ihrer Erfahrung, dass er es nicht schaffen konnte, weil seine Greifarme dafür wenige Zentimeter zu kurz waren. In dem Nachfolgemodell war dieser Mangel beseitigt worden. Aber Anima hatte den alten Robo auf Aureas Bitten nicht auswechseln lassen. Sie hing an ihm, weil er sie schon als kleines Mädchen gepflegt hatte.

Jetzt entfernte sich die komplizierte Maschine, um sofort die Wartungszentrale aufzusuchen und den kleinen fettigen Lippenabdruck von Aureas sinnlichem Mund beseitigen zu lassen.

Ein Pflegerobo musste nämlich vor allem selbst immer hygienisch rein sein, sonst hätte er wohlmöglich Krankheitserreger von einer Frau zur anderen übertragen können. Außerdem pflegte er selbstverständlich auch noch Largiri. Aurea hätte sich schön bedankt, bei der Zahnpflege plötzlich auf lila Katzenhaare zu beißen!

Ein kleines Liedchen trällernd, bummelte sie wieder durch die belebten Straßen zur Schule zurück. Nachmittags wurden ihnen keine festen Auflagen für bestimmte Aktivitäten gemacht. Es gab jedoch viele gute Angebote, so dass fast keine Schülerin gern der Schule fern blieb.

Die Kreativlehrerinnen waren allesamt jung und wirklich sehr in Ordnung. Da hatte Aurea immer die Qual der Wahl. Am meisten Freude bereitete ihr das freie Gestalten von Plastiken aus verschiedenen modernen Materialien aber auch aus echtem Baumholz. Das Naturmaterial hatte diesen eigenen harzigen Geruch und fühlte sich auf eine seltsame Weise lebendig an, so dass Aurea es ganz besonders liebte, damit zu arbeiten.

Es war aber gerade nicht der Nachmittag der bildenden Künste, sondern der Musik.

Aurea steuerte zielsicher den Ort der Ruhe an. Sie hatte heute ausnahmsweise einmal nicht die Absicht, laute oder leise Klänge, aus welchen Instrumenten auch immer, zu erzeugen oder auch nur rezeptiv an ihr Ohr dringen zu lassen.

Mit dem MFA öffnete sie geräuschlos die Tür, die sich ebenso hinter ihr schloss. In dem runden Kuppelraum befand sich im Augenblick keine andere Schülerin. Aurea legte, wie es Vorschrift war, die Fußbekleidung ab. Dann näherte sie sich vorsichtig tastend einen Fuß vor den anderen setzend der Mitte.

Dort stand in einer gläsernen Vase eine wundervoll duftende zarte Blume. Es war jeden Tag eine andere Art mit einem anderen betörenden Aroma. Aurea hielt kurz vor dem kleinen grauen Podest inne, sog die Luft tief durch ihre Nase ein und ließ sie bis in ihre Lungenflügel strömen. Dann beugte sie die Knie und sank geschmeidig mit ihrem gesamten Körper auf den weichen wohl temperierten Boden.

Arme und Beine abgespreizt lag sie dort und drückte ihre Stirn in den gelartigen aber nicht klebrigen Bodenbelag. Irgendwie war es ein Gefühl, als schwämme sie ohne nass zu werden.

Ihre Gedanken kreisten noch eine Weile um die aufregenden Tagesereignisse, wurden dann aber zusehends träger. Schließlich kam eine wundersame Ruhe über sie. Zeit und Raum wurden eins, und dann waren sie kaum noch wahrnehmbar. Auch Aurea existierte nicht mehr. Sie wurde für kurze selige Minuten aufgesogen von der allmächtigen Urmutter, der alles Sein entsprang und zu der es am Ende zurückkehren würde.

Festtagsstimmung

Als Aurea morgens die Augen aufschlug, schien die Sonne ihr mitten ins Gesicht. Blinzelnd erinnerte sie sich, dass sie am Vorabend den Robo entsprechend programmiert hatte, sie auf diese Art zu wecken. Sie zog die leichte warme Decke über ihren Kopf und murrte leise.

Dann fiel ihr plötzlich ein, dass es ein ganz besonderer Termin war. Es handelte sich um den zweitausendsten Jahrestag der großen Rettung durch die heilige Urmutter!

Schon seit vielen Wochen und Monaten liefen die Vorbereitungen für diesen fröhlichen Feiertag. Keine Frau im Land sollte an diesem Tag einer Arbeit nachgehen. Und deshalb hatte auch Anima den ganzen lieben langen Tag frei. Frei für ihre Tochter Aurea!

Das Mädchen saß sofort hellwach auf ihrem Lager und wischte sich den Schlaf aus den Augen. "Mach das Licht aus und die Fenster auf", herrschte sie den Robo aufgeregt an. Der reagierte prompt. Von draußen strömte sofort klare

Frühlingsluft ins Zimmer, und die echte Sonne stand strahlend am azurblauen Himmel.

"Ja, warum denn nicht gleich so?" Sie hüpfte aus dem Bett, breitete beide Arme aus und sang laut aus dem Fenster: "Oh, holde gnädige Urmutter, danke, dass du unsere Ahnfrauen vor dem Untergang bewahrt hast, und danke, dass wir heute den ganzen Tag feiern dürfen!"

Zwar sollte das Feiern in sehr geregelten Bahnen ablaufen, aber Aurea und ihre Mutter würden den Feierlichkeiten Seite an Seite, wenn nicht gar Hand in Hand, beiwohnen können. Nur für einige kurze Momente würde Aurea die Mutter verlassen müssen, nämlich dann, wenn sie im Schulchor der Göttin huldigen sollte. Aber dadurch hatte sie ja das Vergnügen, Anima als stolze Mutter im Zuschauerraum zu beobachten.

Welche Freude! Welche Freude!

Aurea konnte sich kaum zügeln. Sie ließ die Morgentoilette im Eiltempo über sich ergehen, so als habe sie an einem Schultag nicht früh genug aus dem Schlaf gefunden. Dann ordnete sie an, den Frühstückstisch zu decken und begab sich noch halb nackt ins Schlafzimmer der Mutter.

Der Raum war vollkommen dunkel. Sie hörte leise gleichmäßige Atemzüge. Wie sie es als kleines Kind manchmal getan hatte, kroch sie vorsichtig unter Animas Decke und kuschelte sich an.

"Huch, hast du aber kalte Beine", hörte sie eine fröhliche klare Stimme sagen. Es war nicht der Tonfall ihrer Mutter. Die rekelte sich erst jetzt und murmelte schlaftrunken: "Was ist denn hier los am frühen Morgen?"

"Deine Tochter ist gerade zu uns aufs Lager gekommen. Aber zu Dritt ist es hier ein bisschen eng. Außerdem hat das Mädchen schrecklich kalte Haxen. Hast du vielleicht in deinem jugendlichen Alter schon Durchblutungsstörungen?"

Aurea hatte die Stimme inzwischen als Doktorin Ferox identifiziert und antwortete etwas betreten: "Nein, ich war bloß so freundlich mich schon um das Frühstück zu kümmern, dabei ist mir etwas kühl geworden. Ich ziehe mich aber sofort richtig an." Enttäuscht verließ sie das Nachtlager der Mutter, während diese lachend den Befehl zum Öffnen der Fenster gab.

Aurea kleidete sich lustlos mit Hilfe des Robos in ihre weißen seidig schillernden Feiertagsgewänder. Da hatte sie sich schon seit Wochen so sehr auf diesen Termin gefreut und nun das!

Wenn Doktorin Ferox beabsichtigte, den ganzen Tag mit Anima zu verbringen, würde sie selbst keine Chance haben, die Aufmerksamkeit der Mutter für sich zu beanspruchen.

Anfängliche Wut ging langsam in eine lähmende Trauer über. Sie verspürte keinerlei Appetit mehr auf das angerichtete Frühstück. Sie hatte es ja auch nur für zwei Personen herrichten lassen. Sollte sich doch diese Ferox gleich am Morgen auf ihren Platz setzen! Sie würde auf dem Zimmer warten, bis es an der Zeit war, die Halle des Friedens aufzusuchen, um an den feierlichen Umzügen und den anschließenden Theateraufführungen teilzunehmen.

Largiri kam leise schnurrend aus ihrer Schlafhöhle. Ganz sanft, als spüre sie Aureas Seelenqualen, strich sie um das lange seidige Kleid. Das Mädchen nahm die Katze hoch und drückte das traurige Gesicht in das lila Plüschfell. Drei verlorene Tränen lösten sich dabei von den langen dichten Wimpern.

"Ach, süße Largiri, du bist wirklich die einzige Freundin, die ich auf der Welt habe", seufzte sie tief und ließ sich mitsamt dem Tierchen rücklings auf ihr Lager fallen. Dass ihr hübsches Festtagskleid dabei total verknitterte, interessierte sie nicht ein bisschen.

Das MFA an ihrem Handgelenk signalisierte, dass die Mutter sie zu sich bat. Aurea hatte bewusst das Mikro abgeschaltet und ignorierte auch den rhythmischen Ton konsequent. Sie streichelte weiter das weiche Fell ihres Schmusetierchens. Wenn Anima was von ihr wollte, sollte sie sich selbst her bewegen!

Und wirklich es dauerte kaum zwei Minuten und die geliebte Mutter stand vor der Tür.

"Aurea, Liebes, warum kommst du nicht zum Frühstück. Ich warte auf dich. Allein schmeckt es mir nicht so richtig - und schließlich ist doch heute unser Tag ..."

Aurea hatte sich eigentlich vorgenommen, sie richtig ausgiebig betteln zu lassen, aber angesichts dieser liebevollen Worte konnte sie sich nicht länger zurückhalten. Sie stürmte halb weinend, halb lachend aus ihrem Zimmer und umarmte die überraschte Mutter heftig.

Nach einer Weile löste sie sich von Animas Hals und fragte vorsichtig: "Wo ist den Doktorin Ferox? Frühstückt sie nicht mit uns?"

Während Mutter und Tochter einträchtig Hand in Hand zum Essraum schritten, erklärte Anima: "Nein, nein, sie musste sehr schnell zu ihren Versuchstieren. Die brauchen auch an einem Feiertag ihre Zuwendung. Vielleicht kann sie später zu uns stoßen, falls mit ihren Homomaskulinen alles in Ordnung ist."

Aurea war plötzlich bestens gelaunt und sprach mit großem Appetit dem leckeren Frühstück zu.

Die Feiertagsprozessionen schlängelten sich von der Halle des Friedens ausgehend durch die ganze Stadt. Euphorische Klänge aus hunderten von Lautverstärkern begleiteten die friedlichen weiß gekleideten Frauen.

Sie trugen Kränze aus frischen Blumen im Haar und winkten fröhlich mit immergrünen Sträußchen. Ab und zu mischten sich auch musizierende oder singende Gruppen darunter. Aurea und Anima schritten Hand in Hand in der Menge. Das Mädchen zeigte freudig gerötete Wangen.

Hier und da trafen die beiden auf Freundinnen, Arbeitskolleginnen oder Mitschülerinnen. Meistens gab es dann ein lautes Hallo, und sie umarmten einander. Heute wollte jede Frau demonstrieren, wie gut sie sich alle verstanden.

Aurea war alt genug zu wissen, dass es in Wirklichkeit auch Konflikte unter den Frauen der Gesellschaft gab. Zwar hielten die sanften Lehren der guten Urmutter alle Geschöpfe zur Friedfertigkeit an, aber nicht bei jeder Frau fiel der Same auf fruchtbaren Boden. Es gab noch immer viel zu viel Neid und Missgunst auf der Welt, wenn auch in den zweitausend Jahren seit der großen Katastrophe einige Übel erfolgreich ausgerottet worden waren.

Das MFA ihrer Mutter begann zu blinken. Anima litt unter einer chronischen Mangelerscheinung und benötigte heute eine erhöhte Dosis der Medikamente. Aurea zog sie aus der Menge an den Straßenrand, wo sich die beiden für einen Augenblick auf eine der vielen Ruhebänke setzten. Sie hatten Glück hier gerade noch etwas Platz zu finden, denn die meisten waren von sehr alten Damen besetzt, die sich immer noch ans Leben klammerten aber die aktive Teilnahme an dem Umzug nicht mehr zutrauten.

"Nun aktiviere schon endlich die Injektion, Anima! Sonst wird dir am Ende wieder so übel, wie vor zwei Wochen. Ich möchte nicht die Ambulanz rufen. Das wäre kein schöner Abschluss für unseren gemeinsamen Tag." Die Tochter ließ die

Hand der Mutter los, damit diese die Medikamentenzufuhr veranlassen konnte.

Sehr schnell meldete das MFA, dass Animas Körperfunktionen wieder in Ordnung waren. Und nach einigen Minuten der Rast reihten sie sich erneut in die Prozession ein, um zum Höhepunkt der geplanten Veranstaltungen in die Halle des Friedens zurück zu gelangen.

Auf einer großen mit Blumen geschmückten Bühne stand die Oberste der weisen Frauen an einem Rednerpult und sprach zur Menge. Sie erinnerte in ihrer mitreißenden Ansprache an die verheerende atomare Weltkatastrophe vor über zweitausend Jahren.

Die meisten Gebiete der Erde waren danach stark verseucht und ohne Leben. Unter den wenigen überlebenden Menschen herrschte die Anarchie. Frauen gebaren tote Säuglinge oder schreckliche Mutanten. Bis dann die heilige Urmutter ein Einsehen hatte und durch Venia, die erste große weise Frau, wieder Frieden in diese Welt brachte.

Seither hatte die Gesellschaft der Frauen sich stetig zum Positiven weiter entwickelt. Heute herrschte Wohlstand, allgemeine Gesundheit und Zufriedenheit. Konflikte wurden meist auf friedlichem Wege beigelegt. Und der Tod kam im hohen Alter auf sanften Schwingen zu den Betagten, wenn sie des Lebens müde waren und sich selbstbestimmt dazu entschlossen, zu sterben. Selten wählten auch jüngere Frauen aus den verschiedensten individuellen Gründen den Freitod. So wie es ihre Großmutter noch vor ihrer Geburt entschieden hatte. Aurea bedauerte, sie nie persönlich kennengelernt zu haben.

Die Zuhörerinnen spendeten der Rednerin tosenden Beifall. Einige Blumenkränze flogen auf die Bühne, als die edle Matriarchin ihre Handflächen aneinander legte und sich demütig verbeugte.

Dann veränderte sich die Bühne und die Illusion für das Theaterstück erschien.

Die Bühnenanimation zeigte eine öde Landschaft mit nur spärlicher Vegetation. Im Hintergrund rauchten die letzten Trümmer einstiger großer Städte. Die Zuschauerinnen wurden in die Zeit direkt nach der großen Katastrophe zurückversetzt. Ausgezeichnet geschminkte und zerlumpt gekleidete junge Mädchen spielten die dahinvegetierende Bevölkerung.

Aurea griff nach der Hand ihrer Mutter und umklammerte sie ängstlich, als eine allzu echt erscheinende Horde Homomaskuliner mordend und plündernd über die Bühne fegte.

Glücklicherweise hatten die edlen Matriarchinnen entschieden, dass keine Mord- und Vergewaltigungsszenen direkt gezeigt werden durften. Die Zuschauerinnen sollten nicht erschreckt, sondern unterhalten werden. Aber Aureas rege Fantasie ließ sie die nur angedeuteten Tathergänge fast als Realität erleben.

"Gut, dass wir nicht damals gelebt haben", flüsterte sie ihrer Mutter zu.

Anima nickte verständnisvoll und legte schützend den Arm um ihre leicht zitternde Tochter.

Da trat Venia auf, und ein Raunen ging durch die Menge. Sie war die absolute Hauptdarstellerin! Natürlich wirkte sie in dieser ersten Szene auch noch schmutzig und abgerissen, wie alle anderen, aber sie hatte schon diesen majestätischen überlegenen Ausdruck. Und sie war von großer mächtiger Gestalt - eben ein absolutes Prachtweib.

Es hatte lange gedauert, ehe für diese herausragende Rolle die richtige Besetzung gefunden war. Jetzt bestätigten alle Zuschauerinnen mit ihrem tosenden Beifall, dass die Darstellerin die Figur der weisen tapferen Ahnfrau meisterhaft verkörperte.

In die plötzliche Stille hinein schallten ihre kraftvollen Worte. Sie verstand es vortrefflich, die hoffnungslosen Frauen zu motivieren, sich gegen die räuberischen Horden zur Wehr zu setzen. Im Zeitraffer wurden die fünfzig Jahre ihrer segensreichen Herrschaft dargestellt.

Zum Schluss waren die Homomaskulinen weitgehend in die unwirtlichen Gegenden der Erde vertrieben worden. Dort herrschte nur noch das Recht des Stärkeren und dementsprechend unvorstellbares Chaos. Venia hatte die wenigen gesunden Frauen angeleitet sich ein großes befestigtes Dorf zu bauen. Hier wurden die Wissenschaft und die Kultur der ehemaligen Menschheit nach und nach wieder erweckt und in den späteren Jahrhunderten erfolgreich und friedvoll weiterentwickelt.

Aurea klatschte sich die Hände wund, als sich die weise Venia von ihrem mit Blumen geschmückten Totenbett erhob und zum Abschluss vor dem rasenden Publikum verbeugte. Dann umarmte sie ihre Mutter und küsste sie inniglich. Sie war so glücklich, dass ihr beinahe Tränen in die Augen traten.

Da stand plötzlich eine ihrer Mitschülerinnen hinter ihr und tippte ihr auf die Schulter.

"Aurea, wir sind jetzt dran. Komm schnell auf die Bühne!"

Die Mädchen rafften ihre langen weißen Kleider und eilten zu den anderen, die sich bereits in einem Halbkreis auf der Bühne postiert hatten. Es war eine sehr aufgeregte Atmosphäre unter den Schülerinnen im Chor. Auch die Leiterin, heute ebenfalls im weißen Gewand und mit einer kunstvollen Turmfrisur, wirkte gestresst.

Eine Blume hatte sich aus ihrem Haargebirge gelöst und war ausgerechnet in ihren spitzen Ausschnitt gefallen. Die Mädchen machten sich leise kichernd gegenseitig auf das Missgeschick aufmerksam. Aber dann setzte die Musik ein, und alle Nervosität war wie weggeblasen.

Hörner klangen von hellen Zimbeln begleitet und als die sanften Violinen einstimmten, traten Aurea wieder Tränen in die Augen. Durch den feuchten Schleier versuchte sie ihre geliebte Mutter im Zuschauerraum ausfindig zu machen. Leider wurde sie von dem haarigen Kunstwerk der Chorleiterin verdeckt.

Das Mädchen zappelte ein wenig nach rechts und links, um daran vorbeizusehen, erntete dafür aber einen strafenden Blick. Und im nächsten Moment wurden die Instrumente ganz leise und das bedeutete, dass der Mädchenchor nun einsetzen musste. Die schönen Stimmen drangen mühelos jubelnd in alle Herzen. Sogar die Chorleiterin lächelte verzückt. Aureas Wangen brannten vor Aufregung und Anstrengung, als sie sich am Ende ihres Vortrages alle verneigten.

Anima eilte ihrer Tochter mit ausgestreckten Armen entgegen. Nachdem sie sie an ihr Herz gedrückt hatte, nahm sie eine Blume aus ihrem Kranz, steckte sie der Tochter hinters Ohr und küsste sie. Aurea begann nun wirklich zu weinen. Da legte die Mutter milde lächelnd den Arm um sie und zog sie zurück zu den Sitzplätzen, weil sich das Festprogramm mit weiteren Vorträgen fortsetzte.

Zunächst sprach eine hochdotierte Geschichtsprofessorin über den Verlauf der Entwicklung in den Jahrhunderten nach Venias Tod.

Stetig war die Gesellschaft der Frauen zu mehr Wohlstand und Erkenntnis gelangt. Größere Rückschläge waren leider immer den Aggressio-

nen der Homomaskulinen-Horden zuzuschrei-
ben.

Einige Homomaskuline wurden in der ersten
Jahrtausendhälfte noch unter strengsten Sicherheitsvorkehrungen als Samenspender für die
Fortpflanzung innerhalb der Dorfgemeinschaften
gehalten. Danach hatte sich die Wissenschaft
soweit entwickelt, dass die Frauen auf die Besa-
mung durch die Homomaskulinen verzichten und
ihre Vermehrung allein aus weiblichen Eizellen
bewerkstelligen konnten. Die Aggressoren und
Unruhestifter waren endlich völlig aus ihrer Mitte verbannt worden.

Doktorin Ferox

"Ich lasse euch beide jetzt allein. Unsere neue Versuchsreihe mit intelligenten Materialien erfordert unbedingt meine Anwesenheit. Aber ich wette, Aurea wird mich in deiner Obhut bestimmt nicht vermissen." Anima drückte Doktorin Ferox einen flüchtigen Kuss auf die Wange, zog Aurea kurz an ihr Herz und war auch schon verschwunden.

Die Doktorin zuckte lächelnd die Schultern und nahm das Mädchen bei der Hand.

"Komm, Kleine, wir sehen uns jetzt die Versuchsräume an. Da ist es am interessantesten. Ich will dich schließlich nicht mit Animationen langweilen."

Während Doktorin Ferox Aurea mit sich fortzog, erklärte sie bedeutungsvoll: "Ich brauche dir sicherlich nicht erst auseinander zu setzen, dass mein Arbeitsgebiet äußerster Geheimhaltung unterliegt. Zumal alle Forschung an Homomaskulinen nur unter strengsten Sicherheitsvorkehrungen erfolgt."

Sie passierten eine Identifizierungsschleuse.

Während die Doktorin Aurea erzählte, wie sie zu ihrem außergewöhnlichen Beruf gekommen war, half ihnen ein Robo beim Anlegen der sterilen Kleidung und gab anschließend das Signal zum Öffnen der inneren Absperrung.

Aurea war sehr nervös. Sie ließ das unbefangene Geplauder der Freundin ihrer Mutter ohne wirkliche Beteiligung über sich ergehen. Was mochte sie in den Versuchsräumen erwarten?

Kaum hörbar schloss sich die Schleusentür hinter ihnen. Sie befanden sich in einem riesigen sehr freundlichen Raum ohne Fenster. Das künstliche Sonnenlicht fiel angenehm durch grüne Blätterranken. Das Aroma der Luft erinnerte an einen Wald im Sommer. Wie viel anders war dieser Arbeitsplatz als der von technischen Geräten dominierte ihrer Mutter.

Dann sah Aurea die elektronischen Käfige mit den Versuchstieren.

Sie waren mit Pflanzen berankt und fast unauffällig in die Landschaft des Raumes integriert. Die Homomaskulinen hatten Doktorin Ferox gleich bemerkt und begannen ihre typischen unartikulierten Laute auszustoßen. Das Mädchen kannte diese Geräuschkulisse bereits von ihren zahlreichen Zoobesuchen.

"Ja, ja, ich bin schon da. Ihr bekommt gleich euer Leckerchen. Seht, wen ich euch mitgebracht habe!"

Die Wissenschaftlerin betätigte einen Knopf an der Wand. Eine Klappe öffnete sich und sie entnahm einige runde Gebäckstücke.

"Hier, Aurea, du darfst sie füttern. Aber achte darauf, dass jeder von ihnen etwas bekommt, sonst gibt es Streit."

Aurea nahm die Leckereien entgegen und näherte sich ziemlich ängstlich und zögerlich den Homomaskulinen. Die waren inzwischen noch unruhiger geworden und fingerten gierig nach der elektronischen Absperrung.

"Hab keine Angst, Kleine. Die sind nicht wirklich gefährlich. Es sind ja unsere eigenen Züchtungen, und ich habe sie gut erzogen. Wenn du mit den Homos umgehen kannst und sie artgerecht hältst, können sie richtig freundlich sein."

Sie trat ganz nah an die Wand aus unsichtbaren Wellen, griff mittels der neutralisierenden Wirkung ihres MFA's hindurch und streichelte ein älteres schon grauhaariges Exemplar, das sofort zufrieden grunzte.

"Das ist Zottelbär. Den besitze ich schon seit über zwanzig Jahren, als ich mit meinen Forschungen begonnen habe. Er ist mir ans Herz gewachsen in dieser langen Zeit. Ich kann mich richtig mit ihm unterhalten. Sieh dir diese ausdrucksvollen Augen an. Manchmal glaube ich, dass er wirklich jedes Wort versteht."

Sie nahm Aurea ein Gebäckstück aus der Hand und steckte es Zottelbär zu. Der ergriff es gierig und verkroch sich damit sogleich in den hinteren Bereich des Käfigs.

Die übrigen Homomaskulinen, allesamt erwachsene ausgesprochen schöne große Exemplare, wurden nun noch unruhiger. Sie versuchten Aurea, die ihre Hand ebenfalls durch das elektronische Gitter steckte, die Leckerchen aus der Hand zu reißen.

Zitternd steckte sie jedem der vier etwas zu. Sogleich beruhigten sie sich und fraßen genüsslich. Mit ängstlichen Seitenblicken hielten sie ihre Mitbewohner in Schach. Wenn ein Krümel auf den Boden fiel, wurde er sogleich hastig aufgeklaubt, damit ihn keiner der anderen bekam.

"Sie sind faszinierend, nicht wahr?" Doktorin Ferox tätschelte der schweigsam dastehenden Aurea die Schulter.

"Die hier sind nicht so schmutzig wie im Zoo. Das lässt sie uns noch ähnlicher erscheinen. Wenn sie nicht diese starke Körperbehaarung und die lächerlichen nackten Schwänzchen hätten und natürlich ihre Augen ..."

Wirklich hielt sich der strenge Geruch der Bestien hier ziemlich in Grenzen. Es mochte zum Teil an der guten Klimatisierung liegen.

"Genetisch am nächsten verwand sind sie den männlichen Menschenaffen. Ich halte nicht viel davon, die Homos wie ordinäre Tiere zu halten. Sie sind empfindlich und sehr intelligent. Bei etwas Pflege und konsequenter strenger Abrichtung sind sie meiner Meinung nach sogar zur Domestizierung geeignet. Nur dafür ist die Zeit in unserer Gesellschaft noch längst nicht reif. Dass wir sie seit einigen Jahrzehnten wieder innerhalb der Stadt in zoologischen Einrichtungen halten, darf dich nicht über die Problematik hinweg täuschen. Die Homos waren zu lange ein angstbesetztes Tabu-Thema. Das ändert auch keine noch so engagierte Wissenschaftlerin von heute auf morgen. Wir können froh sein, dass sie nicht

gänzlich ausgerottet wurden. In der freien Wild-
bahn sind sie ja nur noch selten zu finden."

"Ja, das liegt daran, dass sie zu einer natürlichen
Vermehrung Frauen benötigen. Welche Frau lebt
schon freiwillig mit diesen brutalen Wesen in der
Wildnis?" Aurea schüttelte sich bei dem Gedanken.

"Ach, hast du auch den preisgekrönten Unterhal-
tungsfilm, *Von Waldmännern entführt,* gesehen?" Doktorin Ferox ließ ihr unvergleichlich
helles Lachen ertönen. Die Homomaskulinen
kamen neugierig näher und beäugten sie.

"Sogar eine meiner Klassenkameradinnen wäre
im vergangenen Frühjahr beinahe entführt worden. Der Film soll sehr realistisch sein. - Bist du
darüber anderer Meinung?" Aurea wollte gern
wissen, wie es wirklich in der Welt jenseits der
unüberwindlichen Stadtmauern zuging. Geheimnisse und Tabus zogen sie besonders an. Das
hatte sie mit allen jungen Mädchen gemeinsam.

"Wie soll ich das so genau wissen? Ich bin nur
eine Wissenschaftlerin, die sich hinter dicken
Wänden mit exzentrischer Forschung beschäftigt. In der Wildnis jenseits der Stadtgrenzen habe ich nichts verloren. Damit befasst sich ausschließlich die Staatsabteilung für geheime

Dienste. Die wenigen Wissenschaftlerinnen, die dort arbeiten, bekommt wahrscheinlich keine normale Frau je zu Gesicht."

Aurea sah erstaunt und nachdenklich drein.

"Du meinst, wir Frauen wissen nicht die ganze Wahrheit über die Wildnis und die Homomaskulinen, die dort in Freiheit leben? - Warum sollte die Staatsabteilung uns Informationen darüber vorenthalten?"

"Eigentlich bist du für solch gefährliche Diskussionen noch zu jung. Aber du hast ein sehr helles Köpfchen. Vielleicht trittst du mal in meine Fußstapfen, wenn dich die Homos wirklich so brennend interessieren, wie deine Mutter mir erzählte. Glaube nicht alles, was dir in der Schule und von den Publizistinnen erzählt wird! Sperre Augen und Ohren auf und zähle zwei und zwei zusammen, dann erhältst du eigene Erkenntnisse."

Sie küsste Aurea unvermittelt auf die Nasenspitze und wandte sich dann abrupt dem Käfig zu. "Ich muss jetzt aber ein wenig arbeiten. Du kannst gern zusehen."

Während Doktorin Ferox munter plauderte, trat sie mühelos durch das Strahlengitter. Sofort umringten sie die Homomaskulinen, schnupperten und zupften an ihrer sterilen Kleidung. Aurea beobachtete alles was geschah sehr aufmerksam aus respektvoller Entfernung. In den Käfig getraute sie sich jedoch nicht hinein.

"Ich wähle jetzt einen von ihnen aus für eine Samenspende. Du kannst aufpassen, wie ich das mache. Es ist sehr interessant. Die jungen sind dafür am besten geeignet. Die kann ich notfalls mehrmals täglich abzapfen, ohne dass sie Schaden nehmen." Die Wissenschaftlerin streckte ihre Hand mit dem sterilen Handschuh nach dem nackten Schwänzchen eines der kräftigen jungen Homomaskulinen aus. Das Versuchstier schaute etwas dümmlich drein, streckte den Unterleib vor und verdrehte leicht die Augen. Aurea beobachtete erschreckt, wie das nackte Schwänzchen unter den reibenden Berührungen der Frau zu einer beachtlichen Größe anschwoll.

"Aurea reiche mir bitte einen der Behälter mit Deckel vom Tisch herüber. Er wird gleich sehr schnell abspritzen, und ich will das Sperma nicht vergeuden."

Aurea beeilte sich Doktorin Ferox das Gewünschte zu bringen. Sie stand nun sehr nahe beim Käfig und hatte einen guten Blick auf das Experiment.

Das Schwänzchen des Homomaskulinen stand jetzt im rechten Winkel vom Unterleib ab und hatte etwa die doppelte Größe. Das Tier stieß seltsam röchelnde Laute aus, ließ die Wissenschaftlerin aber ungestört arbeiten. Ihre Hand rieb in immer schnellerem Rhythmus an dem steil aufragenden Ding, das nicht mehr als der ehemalige lächerlich kleine Körperteil zu erkennen war, sondern beinahe wie ein kurzer harter Knüppel aussah.

Schweißperlen erschienen im Haarkleid des Versuchstieres und dann stieß es einen gurgelnden Laut aus. Doktorin Ferox fing geschickt den Samenerguss auf, der plötzlich explosionsartig aus der Schwanzspitze herausgeschleudert wurde.

"So, das hätten wir. Du warst wieder sehr brav, Schwarzlocke. Aurea gibt dir jetzt dafür ein Leckerchen." Sie streichelte ihm die Wange und verließ mit dem halb gefüllten Behälter den Käfig.

Fama

Fama strich sich nervös eine Locke aus der Stirn und betrachtete Aurea mit einem lauernden Blick. Die aber schien sehr freundlich und ohne jeden Hintergedanken.

"Du weißt doch, Fama, diese Geschichte mit dem Homomaskulinen, der dich entführen wollte."

"Aber - ich dachte, du hättest mir die ganze Sache damals nicht geglaubt."

"Na ja, du musst zugeben, dass sie etwas unglaubwürdig klingt. Nur, wenn frau diese Bestien näher betrachtet, erscheint einem nichts mehr unmöglich."

Aurea lockte die Schulkameradin vorsichtig in die gewünschte Richtung.

Fama war zwar nicht dumm, aber ihre übergroße Eitelkeit ließ sie unweigerlich in die Falle tappen. Diese günstige Gelegenheit ihrer größten Konkurrentin ein so beneidenswertes Erlebnis in allen Einzelheiten zu schildern, konnte sie einfach nicht ungenutzt verstreichen lassen.

"Ja, eigentlich habe ich damals im Unterricht schon alles erzählt, aber wenn du es unbedingt nochmal hören willst, kann ich mich vielleicht dazu herablassen es für dich zu wiederholen", bemerkte sie hochnäsig.

"Das wäre wirklich sehr freundlich von dir. Wir könnten uns Getränke holen und in eine der Kommunikationsnischen zurückziehen. Da wären wir ungestört." Aurea wartete die Antwort nicht ab, sondern durchquerte zügig den weitläufigen Raum. Fama folgte ihr.

Sie nippten an ihren giftgrünen Algensäften. Die Nische war mit dämpfendem Material türkisfarbig ausgekleidet. Die Luft flimmerte von einer Wasser-Illumination und sie saßen sehr gemütlich und entspannt in weichen Booten, die leicht schwebend hin und her schaukelten.

"Bist du völlig sicher, dass es ein Homomaskuliner war, der dich entführen wollte?", fragte Aurea leise.

"Denkst du, ich wäre total verblödet? Natürlich habe ich die Bestie gleich erkannt. Allein dieser ekelerregende Gestank. Ich sag dir, das war zum Totumfallen." Sie rümpfte die Nase, dass ihre großen Schneidezähne bis zum Zahnfleisch freilagen.

Unter anderen Umständen hätte Aurea sich bei dieser Grimasse das Lachen nicht verkneifen können. Nun stand jedoch ihre Wissbegierde im Vordergrund. Sie nickte nur äußerst interessiert, um Famas allmählich von selbst fließenden Redeschwall nicht zu unterbrechen.

"Also, ich befand mich in unserem Garten. Du weißt ja, dass wir gleich an der Grenze zum Urwald wohnen. Im Frühling lauschte ich damals gern auf die seltsamen Geräusche, die von den wilden Tieren herüber schallten. Ich stellte mir vor, wie sie miteinander ihre Rangkämpfe ausfochten oder sich paarten.

Eine der Freundinnen meiner Mutter ist Biologin. Sie hat mir viel über diese bedrohlichen Bestien erzählt. Sie durfte einmal an einer Expedition in den Urwald teilnehmen. Das war nicht ungefährlich, sag ich dir. Nein, das war sogar lebensgefährlich!" Bedeutungsvoll zog Fama die Brauen hoch und riss die Augen tellergroß auf, sodass sie ihr flächiges Gesicht dominierten.

Aurea nickte wieder zustimmend.

"Ich pflückte einen kleinen Blumenstrauß für Clamor und lauschte also in die frühabendliche Dämmerung hinein.

Plötzlich packt mich eine riesige schmutzige Pranke am Zopf. Ich falle sofort rücklings ins Gras. Die schönen Blumen fliegen durch die Luft. Ich kann vor Entsetzen nicht einmal um Hilfe schreien, da beugt sich das stinkende Scheusal über mich. Es ist völlig nackt und von Dreck überzogen. Die dunkle Haarmähne steht zu allen Seiten von seinem mächtigen Schädel ab. Seine blutunterlaufenen Augen schauen mich so gierig an, dass ich befürchten muss, das Ungetüm will mich verspeisen."

Fama holte tief Luft und schüttelte sich vor Ekel so heftig, dass das Boot bedenklich kippelte. Dann griff sie betont langsam nach dem schwappenden Getränk und schlürfte hörbar. Aurea merkte, dass die Mitschülerin jede Minute ihrer gespannten Erwartung auskostete.

"Er kommt mir mit seinem aufgesperrten Rachen gefährlich nahe. Ich schließe vor panischer Angst die Augen und stelle mich tot. Da streift mich sein übler heißer Atem. Ich merke, wie das Vieh mich gierig beschnüffelt und betatscht. Der schleimige Speichel tropft mir schon ins Gesicht, als plötzlich Clamor aus dem Haus tritt und nach mir ruft.

Ich kann mich aber noch immer nicht rühren, geschweige denn, einen Ton von mir geben. Das Scheusal hält jedoch mit Schnüffeln inne. Es macht noch einen kläglich missglückten Versuch mich über seine Schulter zu werfen, verschwindet dann aber hastig." Fama warf sich prahlerisch in die Brust und sah Aurea herausfordernd direkt in die Augen.

Sehr diplomatisch sagte diese: "Da hast du ja wirklich Schlimmes mitgemacht. Bist du von dem Homomaskulinen verletzt worden?"

"Na, eigentlich nicht direkt. Ich habe mich im Gras abgerollt, als ich von seiner Schulter rutschte. Es hat mir geholfen, dass ich in körperlicher Ertüchtigung immer die Beste war."

Der triumphierende Seitenblick tat Aurea weh. Und sie fragte sich inzwischen, ob ihr Plan, Fama auszuhorchen, wirklich eine so gute Idee gewesen war. Die Schulkameradin hingegen schien die Situation immer mehr zu genießen.

"Bis auf einige blaue Flecken bin ich der Katastrophe völlig unversehrt entronnen. Du kannst dir vorstellen, wie froh meine Mutter und ihre vier Lebensgefährtinnen waren. Die lieben mich nämlich alle abgöttisch und hätten sicher vor

Gram den Freitod gewählt, wenn dem Wilden meine Entführung gelungen wäre."

"Haben die Wächterinnen den Homomaskulinen damals wieder eingefangen?", wollte Aurea wissen, denn bis zu diesem Zeitpunkt hatte sie noch nicht viel Interessantes erfahren.

"Clamor behauptete, er wäre denen durch eine undichte Stelle im Schutzwall entwischt. Der wird nun in der Wildnis umher irren, wenn er den Winter überhaupt überlebt hat. Du kleines Schlauköpfchen weißt ja sicher, dass die gezüchteten Exemplare, die im Zoo jahrelang versorgt wurden, draußen so gut wie keinerlei Chance haben. Da müssen sie sich ihr Futter hart erkämpfen und gegen wilde Ungeheuer antreten. Das schaffen diese verweichlichten Biester nicht."

"Aber, wie konnte es dazu kommen, dass der Schutzwall um die Stadt durchlässig war?" Aurea musste einfach weiter bohren.

"Was weiß ich? Bin ich unsere Sicherheitsexpertin? Mutter meinte, dass sei schon öfter vorgekommen. Die Durchlässigkeit bestehe aber immer nur in einer Richtung. Das bedeutet, dass zwar an einigen Stellen jemand aus der Stadt hinaus aber niemand aus dem Urwald hinein gelangen kann. Deshalb ist die Gefahr, die von solchen Schwachstellen im Schutzwall ausgeht, eigentlich verschwindend gering."

Hochmütig erhob sich Fama von ihrer Sitzgelegenheit und warf ihren schmutzigen Trinkbecher kurzerhand dem Bedienungsrobo gegen die Schaltzentrale. Sie wirkte etwas enttäuscht. Wahrscheinlich hatte sie sich mehr Applaus versprochen.

Als Aurea bemerkte, dass sie beim besten Willen keine weiteren Informationen aus Fama heraus kitzeln konnte, erhob sie sich ebenfalls. Beide gingen anschließend in verschiedene Richtungen davon, weil sie zu unterschiedlichen Lernübungen wollten. Aurea beschloss, Fama in der nächsten Zeit noch mehr als bisher aus dem Wege zu gehen.

Zuwendungen

"Das Guthaben auf Ihrem Konto reicht für dieses Musikinstrument nicht aus. Möchten Sie einen Vorschuss auf Ihre nächste Zuwendung?" Der Kassenrobo in dem Musikgeschäft sprach sehr leise, damit andere Kundinnen nicht auf diese Peinlichkeit aufmerksam wurden.

Aurea flüsterte mit hochrotem Kopf: „Kauf stornieren!"

Und während ein anderer Robo das zarte Saiteninstrument, an dem Aureas Herz schon seit Monaten hing, wieder in die Ausstellung zurücktrug, verließ das Mädchen ärgerlich den luxuriösen Laden.

Auf der Straße erklang noch immer die süße Musik, die sie zu dieser Ausgabe verführen wollte. Schnellen Schrittes suchte sie ihren Gleiter auf. Während sie auf ihm nach Hause schwebte, dachte sie über ihre finanzielle Situation nach.

Ihre Mutter erlaubte grundsätzlich nicht, dass sie sich bei Einkäufen einen Vorschuss geben ließ.

Und eigentlich war das auch nicht nötig. Denn Aurea gehörte zu den wenigen Schülerinnen, die immer ihr Lernziel erreichten und deshalb keinerlei Abzüge von der monatlichen Grundzuwendung hinnehmen mussten. Auch Sonderzuwendungen für hervorragende Leistungen landeten nicht gerade selten auf ihrem Konto.

Trotzdem kam sie oft mit dem Guthaben nicht aus. Die freundliche bunte Ladenstraße mit ihrem vielseitigen Angebot lockte ständig aufs Neue. Für Kleidung gab ihr die Mutter selbstverständlich einen Zuschuss, auch für sinnvolle Freizeitartikel, aber all die kleinen unnötigen Schätze, die Aurea von ihren ausgedehnten Streifzügen durch die Läden mitbrachte, plünderten ihr Guthaben nachhaltig. Sie tröstete sich damit, dass sie dieses Problem mit fast allen jungen Mädchen teilte. Das hatte selbst ihre Mutter widerstrebend zugeben müssen.

Zu Hause warf sich Aurea aufs Lager und verfolgte schläfrig eine neue sehr romantische Licht-Illusion auf der Zimmerdecke. Largiri lag auf ihrem Bauch und ließ sich kraulen.

"Aurea, hast du auch Appetit auf ein paar leckere Seetang-Häppchen?" Anima rief durch das MFA.

"Oh, ja!" Aurea war sofort auf den Beinen. Sie wischte die Hände nur kurz an einem Hygienetuch ab und eilte sofort in den Speiseraum. Zärtlich umhalste sie ihre kühle Mutter und setzte sich dann mit ihr an den Tisch.

"Wie war dein Tag, Liebes?", fragte Anima zerstreut.

"Ach, Frust pur", antwortete die Tochter schon an den Häppchen kauend.

"Schön, schön!"

"Was soll daran denn bitte *schön* sein?"

"Entschuldige, was hast du gesagt?" Anima nahm einen großen Schluck Entspannungsmilch.

"Bist du sehr müde, Anima?"

Die Mutter nickte stumm und streichelte ihr entschuldigend über die Hand. Sie war selbst traurig, dass sie so wenig Freizeit hatte und sich kaum um die Tochter kümmern konnte.

Das war irgendwie ungerecht verteilt. Wer gute wissenschaftliche Arbeit leistete, hatte kaum Gelegenheit, sein zusätzliches Guthaben auszugeben. Wie gern hätte sie einmal einige freie Tage mit der Tochter auf einer dieser Luxusfarmen verbracht, aber das neue Projekt erforderte wieder einmal ihre Anwesenheit.

"Ist schon gut, Anima. Vielleicht gehe ich dann heute Abend allein in die große Laser-Show." Aurea sah ziemlich enttäuscht aus.

"Kannst du denn keine deiner Freundinnen mitnehmen?"

"Welche Freundinnen?"

"Ach, Liebes, du kommst, glaube ich, zu viel nach mir. Die fünfzig Prozent fremdes genetisches Material, die bei der Befruchtung hinzugefügt wurden, hatten irgendwie keine entscheidende Wirkung."

"Doch!"

Anima sah die Tochter erstaunt an.

"Bei der Intelligenz. Nur bei der Intelligenz und vielleicht ein bisschen bei der Schönheit", sagte Aurea frech.

Die Mutter lachte erleichtert.

"Aber nun mal ehrlich, Liebes. Hast du irgendein Problem? Kommst du wieder mit der monatlichen Zuwendung nicht aus?"

Aurea erzählte begeistert von der zierlichen Laute.

"Ich werde dein Guthaben aufstocken, dann kannst du das Instrument erwerben. Aber versprich, dass du mir später etwas darauf vorspielst."

Aurea beugte sich vor und gab der Mutter einen dankbaren Kuss.

"Ich hatte gestern ein längeres Gespräch mit Fama", warf Aurea wie nebenbei ein.

Das ließ Anima aufhorchen.

"Ist das etwa doch eine Freundin?"

Aurea wehrte entsetzt ab: "Oh nein, die Göttliche Mutter bewahre mich vor solchen Freundinnen! Fama ist meine entschiedenste Konkurrentin. Aber sie wurde beinahe von einem Homomaskulinen entführt..."

"Ja, und das interessierte dich natürlich brennend", unterbrach die Mutter sie lächelnd.

Aurea schmollte ein wenig. Sie fühlte sich nicht ernst genommen.

"Doktorin Ferox versteht das viel besser als du. Ich durfte in ihrem Institut richtig mitarbeiten.
62

Sie meinte, dass ich ihre Nachfolgerin werden könne."

"So, so, Doktorin Ferox! Nun mach mich bloß nicht eifersüchtig. Hättest du eigentlich etwas dagegen, wenn wir eine Wohngemeinschaft gründeten?"

Aurea fehlten die Worte. Sie starrte ihre Mutter verständnislos an.

"Meinst du nicht auch, dass wir beide nun lange genug allein waren? Ich finde, dass Doktorin Ferox - ich nenne sie übrigens jetzt Roxi - also, dass Roxi ganz gut zu uns passen würde."

"Roxi? Das ging aber verdammt schnell." Aurea zupfte an ihrem Seetang-Häppchen und sah die Mutter nicht an.

"Wenn zwei Frauen gut zueinander passen, braucht es keine langen Überlegungen. Wir waren beide immer hart arbeitende Wissenschaftlerinnen und hatten bisher wenig vom Leben. Nun sind wir der Meinung, dass die Zeit gekommen ist, uns etwas mehr auf das Privatleben zu konzentrieren. Es wird auch dir zugute kommen, wenn wir alle öfter etwas gemeinsam unternehmen können. Vielleicht werden wir im nächsten

Jahr sogar einen längeren Urlaub machen. Was hieltest du von einer tropischen Insel?"

Anima sah Aurea forschend an. Sie hoffte sehr, dass die Tochter begeistert von dem Vorschlag wäre.

Doch Aurea schwieg mit gesenktem Blick. In ihr wirbelten die Gedanken und Gefühle wild durcheinander. Dann sagte sie etwas zu patzig: "Ihr habt das doch alles schon abgemacht. Wofür braucht ihr mich denn noch dabei?"

"Wenn du etwas gegen Roxi hast, werde ich auf die Wohngemeinschaft mit ihr verzichten. Es gäbe sonst doch nur Zank und Streit. Aber ich sage auch ganz offen, dass ich darüber sehr traurig wäre. Überlege dir die Sache. Du musst dich nicht heute entscheiden. Nimm dir etwas Zeit den Entschluss reifen zu lassen. Roxi hat mir einen Kristallchip für dich mitgegeben. Vielleicht hilft es dir bei deiner Entscheidung, sie auf diese Weise näher kennen zu lernen."

Sie schob den kleinen Chip für das MFA über den Tisch auf Aurea zu.

Das Mädchen nahm ihn wortlos an sich und verließ den Raum.

In ihrem Zimmer angelangt schleuderte Aurea den hochentwickelten Minidatenträger einfach auf den Fußboden. Largiri kroch aus ihrer Höhle und spielte begeistert damit.

"Musik, laut!", herrschte sie den Robo an. Sofort dröhnte ein von ihr gewähltes Lied in voller Lautstärke durch den Raum. Sie grölte ohne jegliche Begeisterung mit. Aber schon nach kurzer Zeit kam sie sich sehr lächerlich vor und brach die peinliche Darbietung ab. Sie entwand Largiri den Chip, legte sich auf ihr Bett und speiste ihn in das MFA ein.

Pläne und Fragen

Das Restaurant war sehr exklusiv. Sie lagen um eine niedrige Tafel und ließen sich die Planktonröllchen mit all den guten Beilagen munden. Die Musik klang dezent. Und an den Wänden zeigten bewegte Animationen die Unterwasserwelt des großen Ozeans.

Aureas gute Laune war völlig wiederhergestellt, seit sie erfahren hatte, dass auch Roxi Mutter war. Leider konnte ihre zukünftige Schwester beim gemeinsamen Essen noch nicht anwesend sein, aber bald würde sie Gelegenheit bekommen, sie kennen zu lernen.

Fama sollte vor Neid sprühen. Sämtliche Mädchen in Aureas Lernkurs waren Einzeltöchter, denn es gab nicht viele Frauen, die die verantwortungsvolle Aufgabe, Mutter zu sein, mehrfach übernehmen wollten. Weil die künstliche Zeugung eines Embryos, die Einpflanzung in die Gebärmutter und die Schwangerschaft mit anschließender Operation viele gesundheitliche Risiken in sich bargen und eine große Herausforderung für die gesamte Frauenschaft bedeuteten, wurden auch an die willigen Mütter noch besondere körperliche sowie charakterliche Anforderungen gestellt. Die gesunden kleinen Mädchen waren aller Frauen Stolz und wurden gehütet und versorgt wie wahre Kleinodien. Sie sicherten die Zukunft der friedliebenden Gemeinschaft.

"Ich kann an nichts anderes mehr denken", plapperte Aurea mit vollem Mund. "Wann werde ich sie denn endlich kennenlernen?"

"Etwas Geduld musst du schon noch aufbringen, Kleines. Proles ist ein wenig kränklich. Sie muss zurzeit viel im Haus bleiben und bekommt besondere Pflege. Aber das weißt du doch schon." Anima sah ihre Tochter fast strafend an.

"Na, lass sie ruhig fragen, Liebste. Ich kann ihre Ungeduld verstehen. - Du darfst uns morgen nach der Schule besuchen. Ist das früh genug?" Roxi lachte hell und nahm einen großen Schluck von dem berauschenden Saft, der aus hohlen sehr schmalen, hauchdünn geschliffenen Kristallen getrunken wurde.

Aurea war erst einmal zufrieden und satt. Sie lehnte sich entspannt in die Kissen zurück und lauschte der unaufdringlichen Musik. Dabei betrachtete sie fortwährend Roxi und stellte sich vor, wie ihre Tochter wohl aussehen mochte. Wenn sie das sympathische Lachen geerbt hatte, war alles gut.

Die beiden Liebenden turtelten derweil fröhlich. Sie waren glücklich, dass ihre Töchter keinerlei Einwände gegen die geplante Wohngemeinschaft erhoben. Pläne wurden geschmiedet.

"Ein Haus wäre hübsch. Vielleicht sogar ein großes Haus mit einem schönen Garten."

"So etwas gibt es nur am Stadtrand. Dann müssten wir lange Gleitwege zu unseren Instituten in Kauf nehmen. Die Schule liegt auch ziemlich weit entfernt."

"Proles bekommt sowieso privaten Unterricht. Möglicherweise hätte Aurea auch Spaß daran. Es ist individueller. Die Lehrrobos haben keine Launen. Und die Schülerinnen sparen eine Menge Zeit."

Aber Aurea zog sofort die Augenbrauen hoch.

"Ich bin gern in unserer Schule. Die Lernangebote sind so interessant und vielseitig, dass sie mich leicht über die Launen der Lehrerinnen und Mitschülerinnen hinweg trösten. Mit den Gleitern der neuen Generation sollte der Schulweg doch leicht zu bewältigen sein. Schließlich wohnt die zickige Fama auch am Rande der Stadt. Was die schafft, schaffe ich schon lange!"

"Aber gute Häuser in schöner Lage sind rar. Da gibt es lange Wartelisten."

"Wohngemeinschaften mit zwei Töchtern werden sofort auf den ersten Platz gesetzt. Wusstest du das nicht, Liebste?" Roxi prostete ihrer Freundin aufmunternd zu.

"Ist es nicht gefährlich in der Nähe des Urwaldes zu wohnen. Die Stadtgrenze soll gewisse Sicherheitsmängel aufweisen, hat mir Fama gestern erzählt."

"Ihr Mädchen fantasiert euch immer ein Zeug zusammen." Roxi schüttelte ihre dunkle Haarmähne. "Soviel ich weiß, ist noch kein schweres Verbrechen geschehen, das mit dem Schutzwall der Stadt in Zusammenhang stand. Es patroulieren ja ständig die Wächterinnen entlang der Grenze."

Aurea war dankbar, dass das Gespräch eine Wendung in diese interessante Richtung genommen hatte.

"Es soll möglich sein, an einigen ungesicherten Stellen ohne jegliche Kontrolle in den Urwald zu gelangen."

Roxi lachte laut und hell.

"Aber was soll eine Frau dort suchen? Es ist ein unwirtliches Gebiet. Es gibt keine Häuser, keinen Komfort, keine Robos. Unsere MFA sind also ohne jeglichen Nutzen. Die großen Raubtiere hätten eine wahre Freude, wenn sich eine unserer Frauen dorthin verirrte. Außerdem ist es unter Strafe verboten, die Stadt ohne Genehmigung zu verlassen. Du musst einsehen, Aurea, dass eine solche Aktion nur etwas für Selbstmörderinnen ist."

"Oder für wissbegierige Forscherinnen auf der Suche nach der Wahrheit ...", sagte Aurea bedeutungsvoll.

"Aber, Kleines, du redest so wirr. Du hast doch nicht etwa von dem Saft getrunken?" Anima schaute sie besorgt an.

"Keine Sorge, Anima, ich halte mich an die Regel: Keine Rauschgetränke unter zwanzig Jahren!"

"Meine Hochachtung!" Roxi vollführte eine etwas missglückte Verbeugung in Aureas Richtung und kicherte albern.

"Ich glaube, wir haben alle genug gegessen und getrunken für heute Abend. Lasst uns nach Hause gleiten und es uns dort gemütlich machen", schlug Anima diplomatisch vor.

Der große Gleiter hatte vier Sitzplätze. Anima steuerte ihn und Roxi saß stark angeheitert neben Aurea. Das Mädchen nutzte die günstige Situation, um aus der Wissenschaftlerin weitere Informationen heraus zu kitzeln. Roxis Kopf rutschte immer wieder auf Aureas Schulter. Sie legte stützend den Arm um die Freundin ihrer Mutter.

"Bist du jemals im Urwald gewesen?", fragte sie direkt.

"Im Urwald? Warum? Ach ja, du bist eine ganz Kluge. Willst die alte gutmütige Roxi aushorchen. Aber ich kann dir darüber nichts erzählen. Du bist an die Falsche geraten. Oder sagen wir es mal anders: Du stellst die falschen Fragen, wenn du Geheimnisse von mir erfahren willst. Ich beschäftige mich ausschließlich mit der Erforschung und der Zucht der Homomaskulinen, von allem anderen weiß ich nichts und will es auch nicht wissen." Sie wurde zum Schluss immer leiser. Dann erkannte Aurea an den regelmäßigen Atemzügen, dass sie eingeschlafen war.

Proles

In der Schule war Aurea den ganzen Vormittag so zerstreut, dass es sogar Frau Opis auffiel.

"Aurea, geht es dir nicht gut? Du leidest doch nicht etwa unter einer Mangelerscheinung?", fragte die Lehrerin mit einer besorgten Miene, die frau sonst an ihr gar nicht kannte.

"Nein, nein, die erbliche Krankheit meiner Mutter konnte bei meiner Erzeugung erfolgreich eliminiert werden. Ich bin nur etwas nervös, weil ich heute meine neue Schwester kennenlernen soll."

Ein Raunen ging durch den Sitzkreis.

"Möchtest du darüber reden?" Die Lehrerin zeigte ein für sie ungewöhnliches Fingerspitzengefühl.

"Es gibt nicht viel zu erzählen. Meine Mutter gründet demnächst mit ihrer besten Freundin eine Wohngemeinschaft. Da sie auch eine Tochter hat, bekomme ich dann also eine Schwester."

Aurea versuchte, den Mitschülerinnen ihre große Erregung nicht zu zeigen.

"Oh!" und "Ah!" klang es aus der Mädchenrunde. Und dann begann ein aufgeregtes Getuschel. Fama machte ein sehr beleidigtes Gesicht. Sie konnte es einfach nicht ertragen, wenn eine andere im Mittelpunkt stand.

"Ja, das ist eine schöne Überraschung. Geht deine Schwester auch auf unsere Schule?", fragte Frau Opis freundlich.

"Nein, sie hat aus gesundheitlichen Gründen Privatunterricht."

"Schade, dann werden wir sie ja leider nicht kennenlernen. Aber du kannst uns später einmal erzählen, wie ihr miteinander auskommt, wenn du möchtest. Das wird hier sicherlich jede interessieren. Eine Schwester zu haben ist eben etwas ganz Außergewöhnliches." Damit betrachtete die Lehrerin das Thema als beendet und setzte den Unterricht in der üblichen streng geordneten Form fort.

Aurea schwebte in der Mittagspause zu Roxi und Proles Wohnung. Sie lag an der anderen Seite des zoologischen Gartens in einem Wolkenkratzer aus Kristall und einem modernen metallisch glänzenden Werkstoff, an dessen Entwicklung Anima vor Jahren mitgearbeitet hatte. Neben der Eingangstür war ein kleines Parkhaus für Gleiter untergebracht. Ein Wachrobo begrüßte sie freundlich. Nachdem er ihr MFA identifiziert hatte, meldete er sie bei Doktorin Ferox an.

Ein Transport-Beamer brachte sie augenblicklich in die dreizehnte Etage. Wo Roxi sie an der Wohnungstür herzlich in Empfang nahm. Aurea genoss die wohlige Umarmung. Die Weichheit dieser Frau erinnerte sie ein wenig an ihre Kinderzeit, an ihre liebe sanfte Lenis.

"Geradeaus das ist der Essraum", dirigierte Roxi sie durch die Wohnung. " Suche dir einfach eines der Sitzkissen aus. Ich hole währenddessen Proles."

Aureas Erregung fühlte sich an wie ein bis zum Zerreißen gespanntes Elastikband. Ob Proles wohl sehr krank war? Oder vielleicht hässlich wie ein Monster?

"Hallo, ich bin Proles, Friede sei mit dir!" Das Mädchen streckte ihr freundschaftlich die rechte Handfläche entgegen. Sie hatte das dunkle krause Haar ihrer Mutter geerbt. Ihre Haut war ziemlich blass aber makellos. Der schön geformte Mund wirkte nicht so wulstig wie bei Roxi. Überhaupt war das Gesicht mit dem offenen Lächeln viel markanter. Sie war gut zwei Köpfe größer als Aurea. Ein prächtiges junges Weib!

Wahrscheinlich trieb sie viel Sport, denn ihre Oberarme hatten muskulöse Wölbungen unter dem leichten Gewand. Dafür war ihre Brust noch flach. In dieser Hinsicht war Aurea ihr wenigstens überlegen, denn sie hatte schon beachtliche Rundungen aufzuweisen.

"Hi, Friede sei mit dir, Proles!" Dann stockte das Gespräch. Verlegenheit.

Glücklicherweise trat Roxi mit ihrer munteren Art ins Zimmer, und sie nahmen alle zum Essen Platz.

"Ich kann heute keine lange Mittagspause machen. Zottelbär ist krank. Ich glaube es ist eine ernsthafte Infektion. Da muss ich mich persönlich kümmern, sonst stirbt er mir noch", klagte Roxi. "Ihr habt doch nichts dagegen, den Nachmittag allein zu verbringen?"

"Ist schon in Ordnung, Roxi. Ich kümmere mich um Aurea. Zeige ihr die Wohnung und unseren Fitnessraum. Vielleicht fliegen wir eine kleine Runde auf dem Düsenschrauber." Proles tat sehr erwachsen.

"Veranstalte bitte keine gefährlichen Sachen mit Aurea! Sie ist so etwas nicht gewöhnt. Sie geht auf die Elite-Schule."

"Ich bin nicht aus Zucker, Roxi. Wir werden uns schon irgendwie sinnvoll beschäftigen", versuchte Aurea sie zu beruhigen.

Roxi sah ihre Tochter Proles forschend an.

"Ja, schon gut. Du kannst dich auf mich verlassen. Ich habe alles im Griff", nickte Proles mit vollem Mund.

Aurea fand, dass die Atmosphäre viel lockerer war, als bei ihr zu Hause. Nun, bald würden Roxi und Proles auch ihre Familie sein. So seltsam der Gedanke ihr noch erschien, so sehr freute sie sich auch darauf.

Noch bevor der Robo den Tisch abdeckte, war Roxi wieder in ihr Institut entschwebt.

Einen Moment lang herrschte zwischen den neuen Schwestern wieder verlegenes Schweigen. Dann sagte Proles plötzlich spitzbübisch grinsend: "Jetzt zeige ich dir mal etwas, das hast du noch nicht erlebt!"

Blitzschnell verschob sie die Gegenstände auf dem Tisch, bevor der Robo danach greifen wollte. Irritiert wiederholte die Maschine jedes Mal den Abräumvorgang. Schließlich begannen die Greifarme wirr zu rotieren. Der Robo drehte sich um sich selbst und qualmte verdächtig. Es wurde ein nervtötender Alarmton ausgesandt. Die starken Greifarme trafen Teile der Einrichtung und zerschmetterten sie.

Aurea floh ängstlich aus der Tür in den benachbarten Raum. Proles hingegen schüttelte sich vor Lachen. Schließlich erschienen zwei Wartungsroboter und setzten den wild gewordenen Diener außer Gefecht. Er wurde kurzerhand abtransportiert und durch einen neuen ersetzt, der sich erst einmal freundlich für seinen Kollegen entschuldigte und dann das Chaos beseitigte.

"Warum machst du so etwas? Das ist doch nicht lustig. Wenn die Hausmeisterin herausfindet, was du angestellt hast, wird sie den Schaden von eurem Guthaben abziehen. Meinst du, dass Roxi das gefallen wird?" Aurea wirkte leicht schockiert.

"Dann soll sie mich eben nicht dauernd allein lassen", schmollte Proles und sah plötzlich gar nicht mehr fröhlich aus.

Aurea verspürte Mitleid. Sie kannte das nur zu gut, sich verlassen zu fühlen, nur kompensierte sie dieses Gefühl anders. Proles schien etwas temperamentvoller und dabei zügellos zu sein. Vielleicht wäre es ihr nicht schlecht bekommen, die Schule zu besuchen. Frau Opis hätte sie schon zur Ordnung erzogen.

"Komm zeig mir dein Zimmer. Ich würde gern deine Animationen sehen. Vielleicht kenne ich sie noch nicht", schlug Aurea vor, indem sie den Arm um Proles Taille schlang.

Proles zuckte ein wenig zusammen, ließ die Berührung aber ohne Abwehr geschehen.

Das Zimmer war vollgestopft mit seltsamen Gegenständen. Proles schien alte Waffen und Maschinen zu sammeln. Aurea bestaunte die Dinge, die sie meist nur von Abbildungen und aus Lehrfilmen kannte. Viele gaben ihr Rätsel auf, weil sie sich deren Funktionsweise nicht vorstellen konnte. Proles stand stolz vor einem abgestoßenen ehemals weißen Kunststoffkasten.

"Das Teil ist über zweitausend Jahre alt. Es ist eine Art Vorläufer von unseren heutigen Robos gewesen. Nur waren die digitalen Maschinen damals noch sehr unbeweglich und mussten ständig von Menschen bedient werden. Unvorstellbar, was?"

Sie drückte an einem Tastenfeld herum, aber die Maschine zeigte keinerlei Reaktion. "Die Energiequelle ist leider beschädigt und lässt sich nicht reparieren. Seit wir auf kristalline Energie umgestellt haben und nur noch Kristalle als Speichermedien benutzen, hat sich die Technik zu sehr verändert. Wir können die alten Geräte damit nicht betreiben, die würden alle verschmelzen."

"Du hast ein seltsames Hobby. Aber durchaus nicht uninteressant. Habt ihr auch Haustiere?" Aurea sah sich neugierig nach einer kleinen Schlafhöhle oder etwas ähnlichem um.

"Nein, Roxi hat nur ein Herz für ihre Homomaskulinen. Sonst will sie keine Tiere um sich haben. Schon allein wegen der Hygiene. Ich musste mich damit abfinden."

Proles klatschte in die Hände und plötzlich ertönte ein ohrenbetäubender Lärm. Ein Geruch von Schmiermitteln lag in der Luft und um sie her flackerten die Lichter einer Abflugrampe für Raumgleiter.

"Ist das deine Lieblingsanimation?", fragte Aurea verständnislos. "Hast du denn nichts Sanfteres auf Lager und, wenn möglich, auch eine Spur leiser?"

Die neue Schwester lachte laut und ließ ein schroffes Gletschergebirge erscheinen. Ein kalter Lufthauch durchwehte den Raum, und sie hörten das Plätschern eines klaren Gebirgsbaches. Die Sonne näherte sich den vereisten Gipfeln, während sie alles in ein strahlend orangenes Licht tauchte. Später ging die Farbe in ein dunkles Purpur über.

"Na, Aurea, sowas hast du doch gemeint, oder?"

"Ganz schön, kenne ich aber schon und ist mir etwas zu frisch. Ich mag eher den Wald, genauer gesagt, den Urwald", bemerkte sie leicht genervt.

"Hast du etwa eine Urwald-Animation? Die muss ich unbedingt erleben! Ist sie authentisch?" Proles sprang begeistert auf sie zu und griff kräftig nach ihren Schultern.

"He, du tust mir weh! Wenn ich eine besäße, wäre ich froh. Ich dachte deine Mutter hätte in dieser Hinsicht bessere Beziehungen als meine."

"Oh, schade! Aber diese Animationen sind sowieso Babykram. Komm lass uns ein richtiges Abenteuer erleben", schlug Proles vor.

"Du hast doch Roxi versprochen, vernünftig zu sein. Was hast du denn jetzt vor?" Aurea schaute ein wenig ängstlich drein. Ihre neue Schwester war ziemlich seltsam und äußerst sprunghaft. Dass sie angeblich krank war, fiel nicht besonders auf. Was mochte das für eine Krankheit sein, vielleicht eine Persönlichkeitsstörung?

"Ach, das musst du nicht so genau nehmen. Wir machen ja auch nur einen ganz kleinen Ausflug", beschwichtigte Proles sie und legte dabei einen so schmachtenden Augenaufschlag hin, dass Aurea ihr nicht widerstehen konnte. Die lächelte und nickte zustimmend. Gegen ein kleines Abenteuer war schließlich auch überhaupt nichts einzuwenden.

Plötzlich fühlte sie Euphorie in sich aufsteigen. Wie lange hatte sie sich eine solche Situation schon herbei gesehnt? Jetzt wollte sie auch alles bis zuletzt auskosten. Sie ergriff Proles Hand und rief begeistert: "Dann los! Wo soll es hingehen?"

Kritische Stimmen

"Und dieser Düsenschrauber setzte sich mit einer unvorstellbaren Geschwindigkeit in Bewegung. Innerhalb kürzester Zeit war er bis an den Rand unserer Atmosphäre aufgestiegen. Wir sahen die Stadt unter uns nur als einen kleinen glitzernden Punkt ringsum von grüner Wildnis eingerahmt. Ich konnte fast nicht atmen vor Staunen", berichtete Aurea ihren Schulkameradinnen, während sie alle eine kleine Stärkung für den Vormittag zu sich nahmen. Puella, eine freundliche zarte Mitschülerin, lauschte Aureas Worten voller Bewunderung.

"Hattest du denn gar keine Angst? Wenn ihr nun aus Versehen mitten im Urwald gelandet wärt?"

"Nein, das kann mit diesen Dingern nicht passieren. Die wechseln ihre Position nicht. Proles hat mir das genau erklärt. Sie schrauben sich nur in die Höhe. Sonst wären sie sicherlich für Minderjährige verboten."

"Das ist ja langweilig!" Fama konnte es nicht lassen, alles mies zu machen.

"Da fliege ich doch lieber mit dem Raumgleiter an irgendeinen weit entfernten Urlaubsort oder gleich zur Mondstation."

"Ach, Fama, gib nicht dauernd so an. Hier sind auch Mädchen, die noch nie Urlaub gemacht haben", schimpfte die große rothaarige Alia.

"Erzähle uns wie deine Schwester aussieht. Ist sie hübsch?", mischte sich Gravis mit den traurigen Augen ein.

"Sie ist ein prächtiges Mädchen. Ich glaube keine von euch ist größer oder stärker als sie. Sie macht sehr viel Körperertüchtigung. Ihr Haar ist dunkel und stark gelockt und glänzt wie die mondklare Nacht. Ihre Haut ist hell und makellos glatt. Und ihr Lachen steckt an wie ein Virus." Aurea hatte während der schwärmerischen Schilderung ihre Klassenkameradinnen fast vergessen.

"Du redest als sei sie deine Gefährtin und nicht deine Schwester", bemerkte Dura trocken.

"Vielleicht hat sich unsere kleine streberhafte Aurea verliebt?", fügte Fama bissig hinzu.

Aber Puella und Alia nahmen Aurea wortlos in ihre Mitte und zogen sie mit sich fort.

"Du musst dir daraus nichts machen, die sind nur neidisch. Kommt lasst uns ein wenig am Weiher relaxen. Dort dürften wir um diese Zeit ungestört sein", schlug Puella vor. Plötzlich hatte Aurea nicht nur eine Schwester sondern auch zwei Freundinnen gewonnen. Sie verbrachte einen sehr anregenden Tag in der Schule und fühlte sich uneingeschränkt glücklich.

"Wir haben den Antrag für die Zuweisung des Hauses gestellt", erklärte Anima ihrer Tochter beim Abendessen. "Roxi meinte, jetzt könne möglicherweise alles sehr schnell gehen."

Aurea schaute die Mutter strahlend an, während sie ohne Appetit im Essen stocherte. Wer sollte in solch erregenden Momenten einen Bissen hinunter bekommen?

"Was meinst du, wann wir alle in das große Haus am Stadtrand umziehen?", wollte das Mädchen zum wiederholten Mal wissen.

"Hab' etwas Geduld. Wir werden künftig soviel Zeit miteinander verbringen, dass es jetzt auf einen Tag mehr oder weniger nicht ankommt." Die Mutter machte eine kleine Gedankenpause. Dann sah sie Aurea sehr ernst an.

"Meinst du nicht, dass meine Entscheidung etwas übereilt war? Meine Kollegin Mora warnte mich heute. Sie bezeichnete mein schnelles Handeln als Torschlusspanik."

Aurea bekam einen solchen Schrecken, dass sie ihren Becher umstieß, wodurch das Getränk sich über den Tisch ergoss. Hatten sich Animas Gefühle Roxi gegenüber etwa genauso spontan abgekühlt wie sie entstanden waren? Die Tochter hätte sich darüber nicht sehr gewundert. Vielleicht hatte sie es auch die ganze Zeit nicht anders erwartet. Nur war sie diesmal davon in einer Art und Weise selbst betroffen, dass sie kein einziges Wort der Erwiderung herausbrachte. Panik machte sich in ihr breit. Sie begann herzzerreißend zu schluchzen. Der dienstbare Robo säuberte derweil ungerührt von den weiblichen Emotionen den Tisch und schenkte Aureas Becher wieder voll.

"Aber Liebes, was ist denn mit dir? Hängt dein Herz denn so sehr an dieser Wohngemeinschaft?" Sie ergriff die Hand ihrer Tochter und hielt sie tröstend in der ihren.

"Wir haben noch nicht über eventuelle Nachteile gesprochen, die eine solche Gemeinschaft mit sich bringen kann. Ein Stück Individualität wird jeder von uns dadurch verloren gehen. Vielleicht müssen wir sogar Largiri abgeben. Roxi mag keine Tiere im Haus."

Unter Tränen stammelte Aurea: "Ich werde widerspruchslos alles tun. Ich nehme auch freiwillig den kleinsten Raum. Proles hat nämlich eine Menge Kram gesammelt, da braucht sie viel Platz." Mit einem Hygienetuch, das ihr der Pflegerobo reichte, schnäuzte Aurea lautstark ihre Nase und wischte sich die Tränen vom Gesicht.

"Du verstehst dich gut mit Proles, nicht wahr?", fragte Anima sanft.

"Sie ist das absolut Beste, was mir seit meiner Geburt passiert ist. Ich will sie unbedingt zur Schwester haben. - Und Roxi ist auch sehr, sehr nett." Da begann sie wieder zu weinen und stürzte, indem sie beinahe den Robo umstieß, völlig kopflos aus dem Zimmer.

Nervensache

Aurea wurde durch ihre Katze aus dem Schlaf gerissen. Das Tierchen hatte scheinbar Albträume und war mitten in der Nacht plötzlich auf ihr Lager gesprungen. Zitternd lag es nun auf ihrer Brust und versuchte unter die Decke zu kriechen. Aurea setzte sich verschlafen auf und kraulte das lila Wollknäuel hinter den Ohren. Allmählich beruhigte Largiri sich und begann zu schnurren. Nach einer Weile brachte das Mädchen sie wieder in ihre Schlafhöhle zurück. Dann trat es ans Fenster, um in die Dunkelheit hinaus zu spähen.

Die Stadt war niemals völlig ohne Licht. Die Straßen wurden ständig beleuchtet. Alle Läden hatten vierundzwanzig Stunden lang geöffnet. Da sie ausschließlich von Maschinen bewirtschaftet wurden, war das kein Problem. Aurea sah die bunten Widerspiegelungen der flimmernden Werbetafeln. In Richtung des zoologischen Gartens war es etwas dunkler. Die Tiere beanspruchten nachts mehrere Stunden Ruhe vor den Besucherinnen.

Das Bild des Mondes und der blinkenden fernen Planeten und fremden Sonnen wirkte als sei es nur eine der Animationen, die Aurea gelegentlich auf ihre Zimmerdecke projizieren ließ. Es war oft schwierig Simulation und Wirklichkeit auseinander zu halten.

Aurea spürte leichte Wehmut in sich aufsteigen. Bald wäre dieser Blick aus ihrem Fenster ein Bild der Vergangenheit. Sie würde vielleicht in Zukunft in einen blühenden Garten blicken mit dem Schutzwall im Hintergrund, der diese Idylle von der Unwirtlichkeit des Urwaldes trennte.

Ein bisschen gruselig war ihr dabei zumute, und sie kroch schnell zurück in die Geborgenheit ihrer warme Decke. Aber dann fiel ihr Proles frohes Lachen wieder ein. Sie war tatsächlich einen Moment versucht, sich die fürchterlich laute Animation von der Abflugrampe, die Proles ihr aufgedrängt hatte, vorspielen zu lassen.

Ihre Mutter und die anderen Hausbewohner würden dadurch nicht in ihrer Nachtruhe gestört, da die Zimmerwände und -decken alle mit einem fein strukturierten Material beschichtet waren, das jeglichen Schall in den Raum zurück warf. Aber die arme kleine Largiri war ohnehin schon

so nervös, dass Aurea ihr den Schrecken erspa-
ren wollte.

Was sollte aus Largiri werden, wenn sie das Tierchen nicht behalten durfte? Ob sie sie an Puella
oder Alia verschenken sollte? Dann hätte sie
wahrscheinlich die Möglichkeit sie gelegentlich
zu besuchen. Aber vielleicht ließ sich Roxi auch
davon überzeugen, dass Largiri eine angenehme
Hausgenossin war.

Sie beschloss, erst einmal Proles geschickt auf
ihre Seite zu ziehen. Dann stand es drei zu eins.
Und bei einer demokratischen Abstimmung würde Roxi auf verlorenem Posten stehen.

Aurea wählte eine Animation aus der Wasser-
welt, die nur leichte plätschernde und blubbern-
de Geräusche verbreitete und schlief dabei
schnell wieder ein.

Es war der schulfreie Tag.

Anima arbeitete wie meistens schon im Wissen-
schaftszentrum als Aurea ihr Frühstück einnahm.
Sie war aber kein bisschen traurig darüber, denn
nach dem Frühstück wollte Proles zu ihr kommen. Sie interessierte sich dafür, wie Aureas Zuhause aussah und natürlich besonders für ihre
Animationen und für Largiri.

Das Mädchen hatte die Katze morgens lange auf dem Arm gehalten und ihr zu erklären versucht, dass ein ganz besonderer Tag war, an dem über ihre Zukunft entschieden würde. Denn wenn Largiri auch Proles Herz gewinnen konnte, war es ziemlich wahrscheinlich, dass sie mit in das schöne große Haus umziehen durfte. Aurea und ihre neue Schwester mussten jetzt unbedingt fest zusammenhalten, damit die Mütter keine Chance hatten, dagegen zu agieren.

Während der Pflegerobo äußerst sanft ihre Körperpflege erledigte, rief Aurea nacheinander ihre sämtlichen Animationen und Illusionen mittels ihres MFA's auf. Sie wollte sicher sein, dass ihr alle präsent waren, wenn Proles sie danach fragte.

Sie staunte selbst darüber, wie viele sich im Laufe der Jahre angesammelt hatten. Manche davon stammten noch aus ihrer Kleinmädchenzeit und waren ziemlich albern. Die löschte sie jetzt kurzerhand. Proles sollte sie nicht für ein dummes kleines Ding halten.

Als sie völlig angekleidet war, sah sie sich noch einmal kritisch in ihrem Zimmer um. Es war nicht so vollgestopft wie das von Proles. Ihre Sammelleidenschaften unterschieden sich aber auch sehr voneinander. Aurea interessierte sich überwiegend für sehr kleine zierliche Gegenstände aus edlen Materialien. Sie hatte Figürchen und kleine Instrumente in einem staubdichten durchsichtigen Kasten stehen. Manchmal saß sie stundenlang davor, betrachtete und sortierte sie. Große Teile ihrer monatlichen Zuwendungen waren in diese Sammlung geflossen, doch plötzlich erschienen ihr die Dinge irgendwie kitschig.

Ob Proles sie wegen ihres Zimmers auslachen würde?

Aurea hatte nicht lange Gelegenheit sich mit dieser Frage zu quälen, denn ihre Schwester war überpünktlich. Fröhlich und laut erfüllte sie Aureas stilles Zuhause mit prallem Leben. Sie wuselte interessiert durch alle Zimmer, gab hier und da den dienstbar bereitstehenden Robotern einen kleinen Stoß und verlangte, nachdem sie durstig einen Becher aromatisiertes Wasser in sich hineingeschüttet hatte, Aureas Zimmer zu sehen.

Largiri hatte sich in ihre Schlafhöhle verkrochen, weil sie es nicht gewöhnt war, dass Aurea Besuch bekam. Die Mädchen lockten sie mit einem Leckerchen daraus hervor.

"Oh, die ist ja putzig", sagte Proles und riss die kleine Katze mit einem Griff an sich. Sie setzte sie auf ihren Kopf und hantierte so wild mit dem Tierchen herum, dass dieses jämmerlich zu schreien anfing.

"Schau, Aurea, sie will mir sagen, dass sie mich mag", rief Proles begeistert aus. "Ja, alle Tiere lieben mich. Du musst wissen, ich verstehe ihre Sprache. So, jetzt pack das Wollknäuel mal wieder weg. Ich möchte mir deine Animationen durchsehen." Sie warf Aurea die Katze quer durch den Raum zu und sah sich suchend nach den Animationschips um.

Aurea streichelte Largiri beruhigend und brachte sie vorsichtshalber ins Zimmer ihrer Mutter. Als sie zurückkam stand Proles vor ihrer Sammlung und schien sie interessiert zu betrachten, sagte aber kein Wort dazu.

"Ich habe die Animationen alle gespeichert. Was möchtest du denn gern sehen?", fragte Aurea vorsichtig.

"Kommt drauf an, was du anzubieten hast! Vielleicht was von der Mondstation?"

"Nein, leider nicht. Das einzige in dieser Richtung ist eine Reise in den Orbit. Reicht dir das?"

"Kenne ich schon. Aber zeig ruhig mal her. Irgendwas müssen wir ja schließlich machen. Ich will ja bei euch nicht die Wohnung demolieren." Sie lächelte Aurea etwas schräg an.

Während sich die Animation um sie her aufbaute, ließen sich die Mädchen nebeneinander aufs Lager fallen. Von dort wirkte alles sehr natürlich.

Als der Raumgleiter um die Erde schwebte und sie den wundervollen Ausblick auf ihren Heimatplaneten und ebenso in das Weltall genossen, ergriff Aurea zärtlich Proles Hand und zog sie an ihr Herz. Da gab das MFA an Proles Handgelenk einen Alarmton ab.

"Was ist los, Proles? Fühlst du dich nicht gut? Brauchst du Medizin?", fragte Aurea besorgt. Sie kannte ähnliche Signale von der gesundheitlichen Überwachung ihrer Mutter.

"Ne, ich muss mich nur etwas beruhigen. Ich habe einen erhöhten Testosteron-Spiegel. Ist weiter nicht schlimm, nur etwas nervig. Vor allem dies blöde Piepen macht mich ganz verrückt."

"Ich lasse dir etwas Beruhigungsmilch bringen. Das wird helfen", beeilte Aurea sich, ihrer Schwester nützlich zu sein.

Das war also Proles gesundheitliches Problem. Sie regte sich zu schnell auf. Deshalb durfte sie auch nicht zur Schule gehen. Es hätte eine schlimmere Krankheit sein können, dachte Aurea erleichtert.

Proles trank die Milch unter leichtem Protest. Anschließend wuschelte sie durch Aureas goldenes Haar und neckte sie: "Da liegt ja ein Härchen neben dem anderen. Wie kriegst du das nur hin, wenn du dich bewegst. Oder läuft der Pflegerobo ständig hinter dir her?"

Aurea versuchte die Frisur mit den Händen wieder zu ordnen. Diese neue Schwester konnte auch ganz schön nerven! Vielleicht war es besser mit ihr durch die Einkaufsstraße zu schlendern, dann könnte sie nebenbei die schöne Laute erwerben.

Proles hatte keine Einwände gegen Aureas Vorschlag, und so verließen sie gemeinsam das Haus. Aurea wollte gern Hand in Hand mit ihrer Schwester gehen, musste aber feststellen, dass Proles dafür keinen Sinn hatte. Sie war ein zu unruhiger Geist. Dauernd sah sie etwas anderes. Und wenn Aurea nicht acht gab, war sie plötzlich ohne ein Wort in einem der Geschäfte verschwunden.

Nein, einkaufen war mit Proles nicht das Richtige. Sie taugte wohl mehr für Abenteuer!

Doktorin Sella

"Welche ungewohnte Fröhlichkeit entdecke ich da an dir, Aurea?" Die Seelenärztin saß in ihrem bequemen anatomisch geformten Hängesessel und lächelte das Mädchen mit ihren fleischigen Lippen an, die die Farbe von Lavendel hatten. Ihr weißes, zu einem raffinierten Geflecht um den Kopf gewundenes und mit einigen zierlichen Silberspangen geschmücktes Haar glänzte im künstlichen Licht. Sie rückte intuitiv ihren bläulich gemusterten Kaftan zurecht, dessen seitlicher Schlitz über ihrem Knie etwas auseinandergerutscht war und zog die sanft geschwungenen Augenbrauen amüsiert hoch, während sie die jugendliche Patientin eingehend musterte.

Noch bevor Aurea mit verschränkten Beinen Platz nahm, plapperte sie los: "Wir ziehen bald in ein neues großes Haus am Stadtrand und ich bekomme eine Schwester!"

"Langsam, langsam Mädchen! Nun finde erst einmal zur Ruhe und in deine innere Mitte. Ich erkenne dich überhaupt nicht wieder. Ist das denn noch meine kleine zurückhaltende Patientin? Ich glaube gar, du bist im letzten Monat erwachsen geworden." Die Ärztin schaute Aurea mit gut gespieltem Erstaunen an. Ihre Augen wurden dabei zu kleinen leicht vorstehenden Kugeln.

"Meinst du, Frau Sella? Findest du, dass ich wirklich erwachsener bin?"

Und dann sprudelte Aurea wie ein zu Tal stürzender Wasserfall alles heraus, was ihr an Aufregendem geschehen war und wahrscheinlich noch geschehen sollte. Nur die innigsten Geheimnisse und eisern gehüteten Ängste gab sie nicht preis. Die hielt sie geschickt in einer verschlossenen Kammer ihres Herzens verborgen.

Aber gerade das machte den Reiz von Doktorin Sellas Aufgabe aus, hinter den Banalitäten, die ihre minderjährigen Patientinnen bereit waren von sich zu geben, nach den eigentlichen Wahrheiten zu forschen. Sie war wie viele ihrer Kolleginnen eine begeisterte Ärztin und arbeitete gern im Dienste der Gesellschaft, die dringend seelisch gesunde junge Frauen benötigte.

"Und wie ergeht es dir inzwischen mit deinen Schulfreundinnen?"

"Eigentlich noch nicht viel besser, zumindest was meine eingefleischte Feindin Fama betrifft. Die ist missgünstiger denn je. Es sieht allerdings inzwischen so aus, als ob die anderen nicht mehr vollkommen auf ihrer Seite stünden." Aurea berichtete von Puella und Alia.

Die Ärztin nickte, lehnte sich zurück und faltete die Hände im Nacken. Es schien ihr, dass sich die pubertären Schwierigkeiten ihrer Patientin allmählich besserten. Sie erlebte das immer wieder. Wenn die Mädchen begannen auf andere zuzugehen, war meistens der Knoten geplatzt, und die junge Seele kam wieder ins Gleichgewicht.

Als Aurea ihren ausführlichen Bericht beendet hatte und erwartungsvoll in den gütigen Augen der Ärztin forschte, fragte diese nach einer kleinen Pause: "Welches Problemfeld möchtest du heute in der Simulation bearbeiten? Es sind nicht mehr viele offene Angebote. Da wären zum Beispiel 'Selbstdarstellung in der Gruppe' oder 'Austausch von Zärtlichkeiten' oder ..."

"Ja, das traue ich mir heute zu!", unterbrach Aurea sie euphorisch.

"Na, gut. Du wählst wirklich diese anstrengende Lektion? Das sagt mir, dass du gewaltige Fortschritte gemacht hast. Vielleicht wirst du meine Unterstützung schon vor deinem achtzehnten Geburtstag nicht mehr benötigen."

"Meinst du das im Ernst?" Das Mädchen klang nun doch etwas verunsichert.

"Ich bin mir ziemlich sicher und auch sehr froh darüber. Wenngleich ich dich ungern als regelmäßige Patientin verliere. Nicht alle haben soviel Phantasie und ein so großes Herz wie du." Sie lächelte freundlich, und ihr Blick wirkte tatsächlich eine Spur betrübt.

"Danke!" Aurea errötete ein wenig. Dann nahm sie den Kristall mit der Simulation entgegen und speiste ihn in ihr MFA ein.

Die folgende Situation spielte sich nur in Aureas Kopf ab. Sie hielt die Augen dabei geschlossen und schwebte mehr oder weniger entspannt über einem Antigravitationsfeld in Doktorin Sellas Behandlungsraum. Während der therapeutischen Wahrnehmungen kontrollierte die Ärztin sehr genau die körperlichen Reaktionen der Patientin. Die Angaben von Herzfrequenz, Blutdruck, Grad der Anspannung, die das Armband ständig anzeigte, erleichterten ihr die Arbeit.

Aurea wählte zu Beginn der Simulation gedanklich eine Partnerin für ihr Spiel aus. Ohne es sich genau zu vergegenwärtigen, fiel ihre Wahl auf ein Mädchen, dass sie äußerlich an Proles erinnerte. Nur war es viel sanfter und einfühlsamer als ihre wilde Schwester. Nach anfänglicher Scheu gab sich Aurea ganz der simulierten Situation hin und genoss die ungewohnt intimen Berührungen der fiktiven Partnerin. Gegen Ende der Übung war ihr klar, dass sich eine innere Blockade gelöst hatte. Sie würde nun hoffentlich bereit sein, Zärtlichkeiten auch im wirklichen Leben angstfrei zuzulassen.

Die Ärztin war mit ihrer Patientin zufrieden. Sie beendete die Behandlung beinahe glücklich. Sie hatte den Eindruck gewonnen, dass Aurea große Fortschritte machte, und das verschaffte auch ihr eine gewisse Befriedigung.

"Wir sehen uns in vier Wochen wieder, Aurea. Und dann werden wir die Abstände zwischen den Therapiestunden auf ein Vierteljahr verlängern können, bis du sie in dieser Regelmäßigkeit nicht mehr nötig hast." Sie nickte ihr aufmunternd zu und legte die Handflächen zum Gruß aneinander.

Aurea strahlte wie die Frühlingssonne nach einem langen kalten Winter.

"Friede sei mit dir, Frau Sella, und herzlichen Dank für alles."

Damit war das Mädchen wie ein zarter Hauch aus dem Behandlungszimmer entwichen. Hinter ihr schloss sich die Tür automatisch.

Im Labor

"Proles, ich lasse dich mit Aurea für einen Augenblick hier allein. Ich muss noch eine Kleinigkeit erledigen. Bitte benimm dich ordentlich. Du weißt, dass ich sonst Schwierigkeiten bekommen kann. Fasst hier vor allem nichts an."

"Schon in Ordnung, Roxi. Du kannst dich auf mich verlassen", antwortete Proles spitzbübisch lächelnd und sah ihrer Mutter nach, als könne sie es nicht erwarten, im Labor mit Aurea und den eingesperrten Homomaskulinen allein zu bleiben.

"Was hast du vor?", fragte Aurea und zog die sanft geschwungenen Augenbrauen leicht hoch.

"Du wirst schon sehen ..." Proles wandte sich keck dem Käfig zu.

Ehe Aurea einschreiten konnte, hatte sie die elektronische Absperrung überwunden und stand mitten zwischen den Versuchstieren. Die wirkten sehr irritiert, kratzten sich unter den behaarten Achseln, sogen die Luft geräuschvoll durch ihre geblähten Nüstern und kamen schließlich in einem immer enger werdenden Kreis auf sie zu.

"Komm sofort da heraus, Proles, das gibt sonst mächtigen Ärger!", rief Aurea erregt.

Aber die Schwester kümmerte sich überhaupt nicht um sie. Ihre Augen blitzten übermütig und sie ballte beide Hände zu Fäusten, die sie den Homomaskulinen kampfeslustig entgegenstreckte. Die Tiere blieben daraufhin abwartend stehen.

Dann lösten sich zwei jüngere Exemplare aus der Gruppe. Sie schienen ebenso übermütig wie Proles zu sein und stürzten sich plötzlich auf sie. Aurea presste beide Hände gegen den Mund, um nicht laut aufzuschreien, während sich Proles mit den Homomaskulinen am Boden wälzte. Sie war nicht ungeschickt und wandte einige Techniken aus der Selbstverteidigung an, die auch Aurea bekannt waren. Damit setzte sie schließlich die beiden Angreifer matt. Die übrigen Gruppentiere grunzten und knurrten bedrohlich. Doch bevor sie sich zusammenrotten und auf Proles stürzen konnten, erschien die Mutter wieder im Labor.

"Dich kann ich auch keine zwei Minuten ohne Aufsicht lassen. Was hattest du versprochen? Willst du mir etwa die Tiere wild machen?"

Roxi zog Proles unsanft aus dem Tiergehege. Die klopfte nur wortlos ihre Schutzkleidung ab und grinste schief.

"Da siehst du, was du für eine unerzogene Schwester bekommst, Aurea! Meinst du, dass du es mit Proles überhaupt aushältst?" Doch Roxi lachte schon wieder und fasste Aurea um die Schultern.

"Ich frage mich das auch manchmal", antwortete die mit einem amüsierten Blick auf Proles.

"Dann kommt mal beide mit. Ich zeige euch heute die Brutmaschine. Deshalb liegt mir Proles schon seit Wochen in den Ohren."

Sie mussten mehrere Sicherheitsschleusen passieren, bevor sie in einen abgedunkelten Raum gelangten. Es gab hier nur rotes Licht. Als sich ihre Augen an die unnormale Beleuchtung gewöhnt hatten, erblickte Aurea in der Mitte des runden Raumes eine Art kristalliner Tonne.

"Ihr dürft näher herantreten, aber bitte nicht die Wände der Brutkapsel berühren. Benutzt eure

Facettenaugen, um euch zurechtzufinden und die Umgebung abzutasten", ermunterte Doktorin Ferox die beiden Mädchen.

"Oh, schau Proles, das sind sechs Stück. Sie sind schon fast fertig", rief Aurea begeistert aus.

Proles ging sehr nahe heran und drückte beinahe ihre Nase an der durchsichtigen Wand platt.

"Ich sehe auch schon die Schwänze", bemerkte sie hämisch grinsend.

"Bleib weg von der Wand, Proles. Sehen kannst du auch genug, wenn du etwas mehr Abstand hältst." Die Wissenschaftlerin fasste ihre Tochter etwas unsanft am Arm und zog sie einen Meter von der Brutmaschine weg.

Die kleinen Homomaskulinen schwammen munter in der Tonne herum. Einige nuckelten dabei an ihren Daumen.

"Sie sind richtig süß, findest du nicht auch Proles?" Aurea ergriff die Hand der Schwester und drückte sie innig.

Aber Proles riss sich los, rannte um die Brutmaschine herum und rief überlaut:

"Roxi, wo ist denn der Ausgang? Wie holt ihr die Bestien dort heraus?"

"Na, Bestien sind das noch keine. Die sind gerade mal sechs Monate alt. Und sie müssen noch drei Monate lang reifen. Dann wird langsam von unten die Nährlösung abgelassen und sie rutschen durch eine Art Schleuse in den Kindergarten", erklärte ihre Mutter.

"Können wir den Garten sehen?", fragte Aurea interessiert.

"Ja, selbstverständlich, wir schweben im Luftkanal nach unten. Er befindet sich nämlich direkt unter diesem Raum."

Schnell glitten sie in einer senkrechten Schleuse mit starkem Luftgebläse eine Etage tiefer. Hier war es tropisch warm. Unter üppigen Pflanzen hingen kleine Schiffchen, in denen die neugeborenen Homomaskulinen hin und her schaukelten. Viele Pflegerobos wuselten umher. Einige der Jungtiere schliefen friedlich, andere schrien oder gaben unartikulierte Laute von sich.

"Sie brauchen noch eine Menge Pflege, bevor wir sie in den Zoo entlassen können. Bei Tieren gilt nun mal das Recht des Stärkeren. Wenn wir nicht einige besonders liebevolle ältere Homomaskuline hätten, die sich um die Kleinen kümmern, wären sie zum Verhungern verurteilt."

"Warum lasst Ihr sie denn nicht erst raus, wenn sie groß und stark sind?", wollte Aurea wissen.

"Dann sind sie dem Rudel fremd, und es würden blutige Rangkämpfe entstehen. Wir setzen immer mehrere Jungtiere gleichzeitig in eine Gruppe. Normalerweise gewöhnen sie sich dann schnell aneinander, und es gibt kaum Probleme. Gegen starke Aggressionen arbeiten wir schließlich auch bei der Züchtung an und notfalls haben wir noch Medikamente zur Steuerung des Verhaltens."

"Darf ich mal ein Kleines streicheln?" Aurea sah Roxi bittend an.

Die Wissenschaftlerin schaute zuerst etwas irritiert, nickte dann aber und führte die Mädchen zum nächstgelegenen Schaukelschiffchen. Das Homomaskulinen-Junge brabbelte vor sich hin und saugte zwischendurch an seinen zarten durchscheinenden Fingern. Aurea war entzückt.

Während sie dem Kleinen den Bauch und das Kinn kraulte, ganz so wie bei ihrer Katze Largiri, stellte sie lächelnd fest: "Die sehen auf dieser Entwicklungsstufe fast noch so aus wie süße Babymädchen. Kaum zu glauben, dass sie später so groß und haarig werden."

"Aber sie haben nur zwei Augen und stinken", rief Proles laut lachend dazwischen.

Doktorin Ferox warf ihrer Tochter einen strafenden Seitenblick zu und setzte ihre Erklärungen dann fort: "Die Homomaskulinen haben viel mit uns Frauen gemeinsam. Bedenkt, dass wir noch vor zweitausend Jahren zur gleichen Art gehörten. Inzwischen haben wir uns durch die zwangsläufige unnatürliche Reproduktion sehr weit voneinander entfernt, vor allem seit die Vermischung des genetischen Materials von Frauen und Homomaskulinen vor gut tausend Jahren streng verboten wurde.

Den Homomaskulinen ist vieles von ihren geistigen Fähigkeiten verloren gegangen. Auch die verständliche Sprache beherrschen diese Züchtungen nicht mehr, und die Lebenserwartung ist nur etwa halb so groß wie bei uns Frauen. Möglicherweise ist das besser so, vielleicht aber auch nicht ... " Die Wissenschaftlerin brach den Gedankengang plötzlich ab und wandte sich zum Gehen. Die Mädchen murrten ein wenig, dass der interessante Ausflug in Roxis Arbeitswelt nun schon beendet sein sollte.

"Ihr dürft gern noch einmal wiederkommen. Doch jetzt habe ich zu tun", beendete Doktorin Ferox die Diskussion und ein silbrig glitzernder Robo mit gelben Blinklichtern, die aufgeregt flatterten geleitete die beiden ohne Umschweife zum Ausgang.

Umzugsvorbereitungen

"Oh - auch das noch!", jammerte Aurea und betrachtete wehmütig den zierlichen Schwan, dessen zarter Hals an zwei Stellen gebrochen war. Vorsichtig sammelte sie die drei Teile vom Boden. Largiri kroch neugierig aus ihrer Schlafhöhle und beäugte sie fragend. Was war das nur für eine Unruhe, die seit dem frühen Morgen von dieser Wohnung Besitz ergriffen hatte?

Ein Robo erschien dienstbeflissen und saugte kleinste Glassplitter ein, damit sich niemand verletzen konnte. Aurea gab ihm einen ärgerlichen Schubs.

"Verzeihung, wenn ich ungeschickt war. Ich gelobe Besserung", schnarrte die Maschinenstimme, und schnell zog sich der Roboter zurück.

Das Mädchen musste unwillkürlich lachen. Irgendwie konnte sie ihre Schwester Proles verstehen. Diese intelligenten Maschinen reizten dazu, sich mit ihnen anzulegen.

Schnell packte sie die Reste des Schwans in das weiche Material, welches zum Schutz ihrer Kostbarkeiten den Umzugsbehälter halb ausfüllte. Sie wollte ihn in ihrem neuen Heim vom Wohnungsrobo reparieren lassen. Largiri schnüffelte mit aufgestelltem Nackenhaar, um die große Kiste herum, die aus einem sehr festen aber leichten modernen Material bestand. Das Tierchen machte einen höchst beunruhigten Eindruck.

"Komm, meine Kleine", lockte Aurea sie. "Wir ziehen bald in unser neues Zuhause. Du wirst dich dort sehr wohlfühlen!"

Während sie liebevoll und fast beschwörend mit der Schmusekatze sprach, fühlte sie ihr eigenes Herz aufgeregt flattern, derweil ein mächtiger Furchtklumpen in ihrer Magengegend saß. Je näher der Termin des Umzugs rückte, umso mehr Angst mischte sich in ihre freudige Erwartung. Wie würde sich das Zusammenleben mit der unsteten Proles und ihrer Mutter gestalten?

Aurea wollte diese negativen Gefühle um keinen Preis zulassen. Vielleicht sollte sie sich irgendwie ablenken? Sie setzte Largiri auf ihr Lager und begab sich in den Arbeitsraum ihrer Mutter. Dort sah es ungewohnt chaotisch aus. Anima saß zwischen Umzugsbehältern und gab zwei Robotern Anweisungen für das Einpacken ihrer Chip-Bibliothek und der sonstigen Unterlagen und Geräte, die sie mitnehmen wollte.

"Ach, Aurea, hast du alles einpacken lassen, was dir wichtig ist?" Die Mutter wirkte hektisch.

Aurea nickte nur stumm. Ihr war klar, dass Anima wieder keine Zeit für ein tiefgründiges Gespräch hatte. Schon seit Tagen wuselte sie rastlos in der Wohnung umher und setzte sämtliche Robos in Aktion.

Während sie sich umwandte und spontan beschloss, Proles aufzusuchen, hörte sie Anima rufen: "Morgen sehen wir uns das Haus an, und dann dauert es nicht mehr lange!"

Mit dem Gleiter war Aurea schnell bei ihrer Schwester.

Proles zeigte keinerlei Erstaunen, Aurea zu sehen. Sie lag auf einer Matte mitten in ihrem Zimmer und wirkte etwas verschlafen. Nirgends sah frau einen Umzugsbehälter oder einen geschäftigen Robo. Alles war eigentlich wie immer.

"Proles, habt ihr noch gar nicht mit dem Einpacken angefangen?"

Die Schwester kratze sich am Kopf und stützte sich dann gemächlich auf einen Ellenbogen.

"Einpacken?", murmelte sie verständnislos.

"Ja, wir wechseln noch in dieser Woche in unser Haus! Sollte dir das entgangen sein, obwohl wir von nichts anderem mehr reden?" Aurea stemmte beide Fäuste in ihre Hüften und stand breitbeinig vor der Schwester. Am liebsten hätte sie Proles gepackt und wachgerüttelt.

"Ach, das machen doch die Robos. Wozu die Aufregung?"

Proles zog etwas unter der Matte hervor und streckte es ihr hin.

"Hier, nimm eins von den Dingern, dann wirst du ruhiger und siehst die Welt in anderem Licht."

Aurea drehte die Folie mit den kleinen goldenen Kügelchen in ihren Händen hin und her. Sie wusste damit nichts anzufangen. Wut stieg in ihr hoch.

"Was soll das?"

"Ja, was wohl?", lächelte Proles sie sanft an. "Probieren geht über studieren! Leg dich zu mir her und schlucke einfach einen Glücksbringer, dann wirst du schon verstehen."

Aurea verstand sofort.

Einige ihrer Klassenkameradinnen gaben für diese Dinger fast die ganze Zuwendung aus. Sie selbst hielt nichts von Drogen. Die Welt gefiel ihr genau wie sie war, so dass sie sie nicht im Rausch erleben mochte. Der Gedanke nicht mehr sie selbst zu sein, wenn sie diese goldenen Pillen schluckte, beunruhigte sie so sehr, dass sie die Packung weit von sich schleuderte.

Proles beachtete sie gar nicht. Sie schien sich in Trance zu befinden und weilte an einem anderen Ort. Das dritte Auge auf ihrer Stirn wirkte trübe, dabei lächelte sie immerzu blöde vor sich hin.

Vorsichtig beugte sich Aurea zu ihr hinunter, griff nach ihrer Schulter und schüttelte sie.

"Proles, Schwesterchen, warum tust du so etwas ausgerechnet jetzt, wo wir alle unseren klaren Verstand brauchen?"

Statt ihr zu antworten, begann die Schwester leise eine sanfte Melodie zu summen. Die Verzweiflung drückte Aurea in die Knie. Sie sank traurig neben ihr auf den Boden. Was würde sie darum geben, wenn Proles wirkliches Naturell etwas von dieser sanften Duldsamkeit gehabt hätte. Nun verunsicherte sie dieser unnatürliche Zustand jedoch nur.

Proles rollte sich zu ihr herum und griff spielerisch in ihr goldenes Haar. Dann streichelte sie mit zwei Fingern zart ihre Wange.

Aureas Herz schlug schneller. Ihr Atem flog plötzlich.

Die Schwester schlang den Arm um ihre Taille und zog sie an sich. Aurea spürte den sportlichen Körper unter dem leichten Gewand ganz nah. Der Hauch ihres Mundes streichelte ihr goldenes Haar. Aurea war unfähig etwas zu sagen oder sich nur zu bewegen. Alles an ihr war höchste Erregung. Die Schwester knabberte nun verträumt an ihrem Ohrläppchen.

Dann näherten sich sanft und warm Proles weiche Lippen den ihren. Erst vorsichtig tastend saugten sie sich schließlich leidenschaftlich fest. Aureas Herz schlug Kapriolen. In ihrem Kopf sprühte ein gleißendes Feuerwerk - und alles ganz ohne diese Glücksbringer!

Ein nerviger Ton aus Proles MFA zerstörte die Illusion des berauschenden Kusses. Aurea ahnte, dass es wieder um den erhöhten Testosteron-Spiegel der Schwester ging. Sie durfte sich ja nicht aufregen.

Verlegen lösten sich die beiden voneinander. Proles schien noch immer etwas abwesend zu sein. Sie ließ es widerstandslos geschehen, dass ihr der Pflegerobo ein Medikament spritzte. Kurz darauf schlief sie tief und fest.

Das neue Heim

Schon die Gegend am Rande der Stadt, wo der Urwald hinter dem undurchdringlichen Wall fast hautnah zu spüren war, erregte Aureas Fantasie ungeheuerlich. Es gelang ihr nur schwer das nervöse Zittern ihres Körpers zu unterdrücken. Am liebsten wäre sie vom Gleiter gesprungen und auf ihren eigenen zwei Beinen über die befestigten Wege zwischen den weißen Häusern und den großzügigen Grünflächen gerannt.

Ja, laufen, rennen, springen und dabei laut zu singen - das hätte ihr jetzt gut getan! Wie konnten die drei anderen Familienmitglieder nur so ruhig auf dem Gleiter hocken und nach dem Haus ausspähen?

Sie überflogen gerade einen kleinen Weiher, in dem goldene Flamingos mit großartigem Kopfputz ihre einbeinige Ruhepause pflegten, und keine der Frauen sagte ein Wort.

"Seht nur den strahlend blauen Himmel und das viele Grün! Ich schmecke den Urwald, wenn ich durch den Mund einatme und die Luft dabei langsam über meine Zunge schlürfe", platzte es aus Aurea heraus. Sie zog an Proles schlaff herabhängendem Arm. Diese wandte ihr nur müde lächelnd das Gesicht zu. Ihr drittes Auge war noch immer trüb. Wahrscheinlich hatte sie eine zu hohe Dosis ihrer Testosteron-Blocker bekommen. Vielleicht versuchte Roxi damit einem weiteren Anfall ihrer Tochter vorzubeugen.

Nur Roxi reagierte auf Aureas emotionalen Ausbruch. Sie lachte hell und rief: "Wollen wir hoffen, dass deine Begeisterung recht lange anhält und ansteckend wirkt, wie eine der Virus-Epidemien der Vorzeit."

"Roxi, schau! Dort, das müsste das Haus sein. Soll ich gleich landen oder steht euch der Sinn nach einem kleinen Rundflug, um alles aus der Vogelperspektive anzusehen?" Anima konnte ihre Nervosität nun nicht verhehlen.

"Landen!", kam die Antwort wie aus einem Mund. Proles hatte das Facettenauge auf ihrer Stirn starr auf das hübsche Gebäude mit dem glitzernden Kristalldach gerichtet. Sie schien das Bild gerade sehr genau in ihrem Gehirnspeicher zu fixieren. Mit einem roten Lichtstrahl tastete sie die Umgebung genauestens ab.

Der Gleiter setzte Sekunden später sanft auf und die Passagiere stiegen aus. Anima öffnete die Haustür mit ihrem MFA. "Ich hoffe, die Umprogrammierung der Roboter ist bereits erfolgreich abgeschlossen. Sonst könnten wir als unberechtigte Eindringlinge behandelt werden."

Aber die Sorge der überkorrekten Mutter war unbegründet. Der Wohnungsrobo begrüßte sie freundlich und mit ihren richtigen Namen. Dann führte er sie durch das Haus und erklärte alles Wissenswerte.

Noch enthielten die Zimmer nur die notwendigste Grundausstattung. Die persönlichen Einrichtungsgegenstände und all die vielen Kleinigkeiten, die bereits in Behältern verstaut waren, und den neuen Bewohnern so lieb und vertraut waren, würden erst am nächsten Tag hierher transportiert.

Aurea wandelte wie in Trance durch die Räume. Sie ging unwillkürlich auf Zehenspitzen. Es roch nach Desinfektionsmitteln. Das erinnerte sie an die Schulräume. Sie befürchtete beinahe, gleich eine ihrer ungeliebten Mitschülerinnen hinter einem Mauervorsprung versteckt zu entdecken.

"Bah, hier stinkt's penetrant!" Proles schüttelte sich angeekelt. Dann probierte sie die Technik der Fensterverdunkelung aus. Es war ein völlig neues System, das Aurea auch noch nicht kannte. Sie spielten eine Weile damit Tag und Nacht, bis es Proles langweilig wurde.

Leider hatten sie ihre eigenen Animationen noch nicht installiert, um sich die Zeit auf angenehmere Weise zu vertreiben, während die beiden Mütter das Haus bis in den kleinsten Winkel begutachteten. Aber Aurea hatte plötzlich die Idee hier zu verschwinden.

"Komm mit, Schwester, wir wollen schnell an die frische Luft und die Pflanzen im Garten anschauen", rief sie voller Übermut und ihre Augen blitzten.

Über die ganze Breite des großzügigen Gemeinschaftsraumes befand sich eine durchsichtige Wand zum Garten, die zwei Möglichkeiten bot, hinaus zu treten. Die Gartenanlage war sehr gepflegt und liebevoll angelegt. Blühende Blumen in vielen Farben quollen zwischen großen glatten Steinen hervor. Daneben breiteten sich weiche kleine Grünflächen aus. Einzelne kräftige alte Bäume streckten ihre schattigen Zweige über die Idylle. Bei der Tränke stritten sich ein paar Vögel mit langen schillernden Schwanzfedern.

An mehreren Stellen fanden die beiden Mädchen bequeme Sitze, Liegen oder Schaukelschiffchen vor, um die Naturkompositionen entspannt auf sich wirken zu lassen. Die Gartengrenze bildete eine hohe Hecke aus immergrünen Büschen, die Aurea nicht überschauen konnte. Nur wenige Meter dahinter, das wusste sie genau, lag die undurchdringliche Barriere zum Urwald.

"Proles, nun lass schon die Vögel in Ruhe und komm hierher", verlangte sie ungeduldig.

Die Schwester schlenderte heran, während sie mit einem Zweig, den sie vom Baum gerissen hatte, spielerisch über die Steinplatten des Gartenweges fegte. Als sie endlich bei der Hecke anlangte, packte Aurea sie bei den Schultern und schüttelte sie heftig.

"Was ist mit dir, Proles? Stehst du wieder unter Drogen, oder haben sie dir zu viele Medikamente gegeben? Wie kann frau bei all dem so teilnahmslos sein?"

Da Proles sie nur unverständlich anblickte und ihr drittes Auge demonstrativ abschaltete, riss Aurea ihr wütend den Zweig aus der Hand und schleuderte ihn über die Hecke.

"Dort, Proles, dort beginnt der Urwald! Der wirkliche natürliche Urwald! Keine Animation, kein Spiel, keine Simulation zum Amüsieren - nein, das wirkliche Leben hautnah! Verstehst du?"

Die Schwester aktivierte das Facettenauge wieder und betrachtete sie seltsam lächelnd.

"Aurea, du hast tatsächlich ein feuriges Temperament. Das hätte ich dir gar nicht zugetraut. Ich glaubte, dass du eher die ängstliche Type wärst."

Daraufhin senkte das goldhaarige Mädchen nun seinerseits verstört die Lider. Hielt Proles sie vielleicht für eine Nervenplage? Aber die Schwester lachte hell auf und kümmerte sich gar nicht mehr um sie. Stattdessen hatte sie den Hals gereckt und schaute neugierig über die dichte Hecke.

"Ist alles grün. Ich kann aber von hier aus unmöglich erkennen, ob die Barriere einseitig durchsichtig ist, wie unsere Wand im Gemeinschaftsraum, oder ob es sich um eine Animation handelt. Eventuell soll eine gewisse Leichtigkeit vorgetäuscht werden, um uns nicht den Eindruck zu vermitteln, eingesperrt zu sein", dachte Proles laut. "Wenn wir erst hier wohnen, werden wir sicher feststellen können, was es mit der Grenze auf sich hat."

"Du weißt doch, dass es verboten ist den Pat-rouillier-Weg zu betreten. Wenn sie uns dort erwischen, bekommen wir jede einen Verweis erster Ordnung." Aurea sagte das so dahin als handele es sich um eine Diskussion über die Speisenfolge am kommenden Mittag und sprang dann mehrmals hintereinander so hoch sie konn-te.

"Ich sehe so gut wie nichts", stellte sie schließlich enttäuscht fest und hockte sich ins Gras. Ihre schlanken Finger kämmten die zarten kurzen Halme. Proles stand eine Weile schweigend ne-ben ihr. Dann fragte sie unvermittelt: "Hast du schon Verweise?"

"Nein, natürlich nicht! Wo denkst du hin?", fuhr die Schwester hoch.

Proles lachte breit. "Also doch, die liebe kleine Aurea! Mal sehen, ob dich hernach nicht der Mut verlässt. Ich stehe jedenfalls zu meinem Wort."

Urlaubspläne

"Och, die Animationen kenne ich längst. Die sind was für alte Weiber." Proles wühlte provokativ in den Chips herum, die Anima so freudig vor ihnen ausgebreitet hatte und inspizierte sie betont lustlos mit ihrem Facettenauge.

"Proles, benimm dich!" Roxi hob böse beide Augenbrauen an, umarmte im nächsten Moment aber ihre Lebensgefährtin herzlich.

"Ich finde es lieb von dir, Ani, dass du dir trotz deiner vielen Arbeit die Zeit genommen hast, uns die Urlaubsinformationen mitzubringen."

"Wollen wir sie gemeinsam ansehen, oder habt ihr keine Lust uns alten Weibern dabei Gesellschaft zu leisten?", fragte Anima die beiden Mädchen etwas beleidigt.

"Doch, doch, ich finde Urlaub ganz toll! Wo soll es denn zuerst hingehen?", beeilte sich Aurea, ihrer Begeisterung Ausdruck zu verleihen, um die Stimmung zu retten.

"Ich habe alles mitgebracht, was in dieser Saison zur Verfügung steht: Baden und Tauchen im Südmeer, Gletscherwandern und Schneesport im Eisgebirge, Ausspannen und Gesundheitspflege auf einer Schönheitsfarm, Wandern und Reiten im Kulturwald, ..."

"Ja, das ist wirklich schon bald zu viel des Guten. Lass uns einfach einen Chip auswählen und uns anschauen, was uns dort erwartet", unterbrach Roxi sie lächelnd.

Kurz darauf flirrte im Zimmer eine farbenfrohe Unterwasserwelt.

"Oh, sieh nur, diese herrlichen Wasserpflanzen und die vielen bunten Fische!" Aurea klatschte begeistert in die Hände und erntete einen verächtlichen Seitenblick von ihrer Schwester.

"Sieht alles ein wenig kitschig aus, findet ihr nicht? Sind das etwa Falschfarben oder muss ich mir das Südmeer tatsächlich so grell gefärbt vorstellen?"

"Benimm dich, Proles! Oder möchtest du hier irgend jemandem den Spaß verderben?", fuhr Doktorin Ferox dazwischen. Ihre Tochter ließ einen Brummlaut hören und schwieg dann eigensinnig.

126

Anima fühlte sich unbehaglich. Die Luft erschien ihr spannungsgeladen wie vor einem lange ersehnten Wärmegewitter.

"Wir müssen diese Animation nicht bis zum Schluss ansehen. Vielleicht gefällt euch ein Winterurlaub besser." Ohne eine Antwort abzuwarten wechselte sie blitzschnell den Chip aus und sofort entstand ein Schneegebirge aus dem Nichts.

"Was sollen wir in dieser eiskalten Einöde, frag ich euch?"

"Proles, hast du dir heute vorgenommen, unseren Frieden zu stören?", fragte Anima nun milde lächelnd, aber ihre Finger hatten sich um einen der Chips gekrallt, dass die Knöchel elfenbeinfarben unter der zarten Haut schimmerten.

Das aufsässige Mädchen zuckte stumm die Schultern, schloss die Augen und lehnte sich lässig zurück in die großen weichen Kissen, die auf den Sitzgelegenheiten im Gemeinschaftsraum verteilt waren.

"Ich glaube, Proles ist ein wenig müde. Aber ihren Einwand teile ich. Was kann frau schon in dieser Kälte anfangen. Da möchte ich dann doch lieber die Schönheitsfarm mal in Augenschein nehmen." Roxi legte ihrer Tochter vertraut eine Hand auf den Oberschenkel und versuchte mit der anderen ein missglücktes Lächeln wegzuwischen.

"Ich erinnere mich vage an dein Versprechen, mir bis ans Ende der zivilisierten Welt folgen zu wollen ... " Anima erhob sich und schaltete das Gerät ab.

Sofort flutete Sonnenlicht den Raum. Wohlige Wärme umgab die Familie wieder. Doch alle fühlten, dass es nur äußerlich war, fast so unwirklich wie die Simulationen, die sich noch vor Sekunden lebensecht um sie her aufgebaut hatten.

In Aureas rechtes und linkes Auge traten Tränen. Die kleinen blanken Spiegel ihres Facettenauges hatten etwas von dem normalen Glanz eingebüßt. Während dünne wässrige Schlangen lautlos über die hohen Wangenknochen auf der schimmernden Haut entlang glitten, zerknitterten die rastlosen Hände in ihrem Schoß das zarte schlicht geschnittene Gewand, das sie so gern im Hause trug.

"Das war geschmacklos! War das vor den Kindern nötig?"

Doktorin Ferox Nase zitterte leicht vor Erregung. Ihr Gesicht nahm eine noch dunklere Färbung an und die zusammengepressten Winkel ihrer sinnlichen Lippen zuckten.

Proles, der eigentliche Auslöser dieses ersten Familienstreites, schälte sich aus den Kissen und stellte sich geschmeidig auf ihre großen Füße. Sie zog Aurea unsanft an der Hand hinter sich her aus dem Raum.

"Lass unsere Mütter das mal schön allein regeln. In Beziehungsangelegenheiten soll frau sich nicht einmischen. Alte Weisheit unserer Ersten Mutter", lachte sie übertrieben ausgelassen.

Aurea entspannte sich bald beim Spiel im Garten, denn ihre Schwester bemühte sich sehr um sie. Sie schien sich vorgenommen zu haben, an die Stelle von Ungezogenheit nun Frohsinn und Zuneigung zu setzen.

Während die Mädchen ungezwungen miteinander tändelten, verschlossen sich die Mütter in getrennten Zimmern und pflegten, zum ersten Mal seit ihrer Begegnung, Gefühle der Abneigung. Doktorin Ferox ließ sich dabei scharf an der Schmerzgrenze von lauter Musik beschallen, die ursprünglich von Metall-Instrumenten erzeugt wurde und jetzt vom Simulator aus allen Ecken des Raumes hallte.

Anima schmollte auf ihrem Lager still und einsam vor sich hin. Sie hatte das Facettenauge abgeschaltet, um sich zu vieler detaillierter Eindrücke von außen zu erwehren. Mit den beiden übrigen versuchte sie angestrengt auf ihre Nasenspitze zu schielen. Eine Übung, die sie gern zur Ordnung ihrer Gedanken anwandte, was ihr heute aber nicht gelingen wollte. Deshalb gönnte sie sich frustriert eine Entspannungs-Simulation, bei der sie allmählich einschlief.

Zerwürfnisse

"Hast du dir vorgenommen, das Frühstück schweigend einzunehmen?"

Doktorin Ferox löffelte an ihrer Proteinspeise mit Fruchtgeschmack als ob sie eine bittere Medizin wäre.

Anima schaute kurz auf. Antwortete aber nicht. Ihre Augen waren, statt auf die gegenüber sitzendende Lebensgefährtin, auf die ästhetischen Wandbemalungen im Hintergrund gerichtet. Sie schien die geometrischen Muster einer genauen Analyse unterziehen zu wollen.

"Du benimmst dich albern! Wir können doch offen miteinander reden. Wie soll es mit unserer Beziehung weiter gehen, wenn wir an einem so lächerlichen Konflikt scheitern?"

Anima stocherte weiterhin schweigend in ihrem Algenbrei, den sie bis dahin nicht einmal angerührt hatte.

"Du machst mich noch wahnsinnig! Ich habe einen wirklich anstrengenden Tag vor mir. Wenn ich die Urlaubstage entspannt verbringen möchte, müssen vorher noch viele Dinge wegen der ordentlichen Versorgung meiner Homos geregelt werden." Roxi beugte sich über den Tisch und fasste die Freundin fest am Handgelenk. "Du benimmst dich wie ein kleines Mädchen. Das ist schlimmer als bei Proles!" Sie setzte ein trauriges Lächeln auf.

Durch eine unbeherrschte Drehung ihres Armes befreite sich Anima aus der Umklammerung und wischte die Schale mit dem gesunden Frühstück dabei auf den Fußboden. Während sich der Robo zur Säuberung in Bewegung setzte, zeterte sie los: "Du und deine kranke Tochter! Proles, Proles und nochmals Proles! Gibt es in deinem Privatleben überhaupt noch Raum für etwas anderes als dieses verzogene Monster?"

Wie erstarrt saß Roxi da und sah die Lebensgefährtin aus dunklen traurigen Augen an. Das nahm Anima zum Anlass, weiter Dampf abzulassen.

"Das kommt nur von dem unqualifizierten Privatunterricht. Schicke Proles auf die staatliche Elite-Schule, und du wirst erleben, dass sie innerhalb kürzester Zeit ordentliche Manieren beigebracht bekommt. Sie ist stark wie ein Bär und genauso ungezügelt. Vielleicht fehlt ihr die intellektuelle Auslastung."

Roxi erhob sich ruhig von ihrer Sitzgelegenheit und wandte sich zum Gehen. Über die Schulter warf sie einen mitleidigen Blick zum Tisch zurück und ein ärgerlicher Tonfall beherrschte ihre melodische Stimme: "Du scheinst Proles nicht zu mögen. Aber ich warne dich davor, sie als eine Mutantin anzusehen. Sie ist zwar nicht ganz gesund aber weder geistesgestört noch ein ungezügeltes Tier. Und du hast völlig richtig verstanden, dass sie das Wichtigste in meinem Leben ist."

"Ja, und danach kommen deine Homos und dann ganz lange nichts ... ", schrie Anima hysterisch und prallte fast mit dem Robo zusammen, als sie heulend in ihr Zimmer rannte. Doktorin Ferox schüttelte frustriert den Kopf und verließ das Haus.

Kurz darauf tauchte ihre Tochter in Aureas Zimmer auf.

"Aurea, Schwesterchen, schläfst du noch?"

Proles trat an ihr Lager und kroch, ohne eine Antwort abzuwarten, unter die warme Decke. Ihr sehniger Körper presste sich an die weichen Formen der entspannt ruhenden Schwester.

"Was ist los, Proles? Habe ich verschlafen?", murmelte die verstört.

"Nein, nicht direkt. Du hast nur die lautstarke Auseinandersetzung unserer Mütter verpasst."

"Haben die beiden etwa weiter gestritten? Anima kann sehr nachtragend sein. Sie ist verletzlich." Aurea richtete sich auf und fuhr ordnend durch ihr offenes Haar.

"Deine Ani-Mutter war ziemlich hysterisch. Sie hasst mich", meinte Proles trocken, während sie auf den Rücken rollte und die Arme lässig hinter dem Kopf verschränkte.

"Das kann ich mir nicht vorstellen. Es wird Eifersucht sein. Dumme eitle Eifersucht. Davor ist frau niemals sicher, nicht wahr?"

"Du solltest Psychologin werden, Schwesterchen!"

"Dann therapiere ich zuerst dich." Aurea beugte sich vor und küsste Proles auf die Nasenspitze, dabei fiel ihr seidiges Haar wie ein Schleier aus Sonnenlicht über ihre Gesichter.

Die Schwester sprang plötzlich wie eine gespannte Feder von der Schlafstätte hoch und rief aufgekratzt: „Komm, Aurea, wer zuerst bei Tisch sitzt!" Dann war sie auch schon durch die Tür verschwunden.

Beziehungsprobleme

Aurea war für den Umzug einige Tage vom Schulalltag befreit und hätte nun eigentlich diese unbeschwerte Zeit in dem schönen neuen Haus mit ihrer Schwester genießen sollen. Leider waren die Umstände, durch den blöden Streit ihrer Mütter, dazu überhaupt nicht geeignet.

Während Proles, deren Privatunterricht auch noch nicht wieder angelaufen war, sich von der ganzen verpfuschten Situation scheinbar nicht sehr beeindrucken ließ und beinahe ununterbrochen in ihrem Zimmer laute Musik hörte, nagte der häusliche Unfriede an Aureas Wohlbefinden. Fast sehnte sie sich danach, schnell in die vertraute Schulumgebung zurückzukehren, um die sonst wenig geliebten Mitschülerinnen wiederzusehen. Sie waren immerhin berechenbar für sie und neigten nicht zu unvorhersehbaren dramatischen Emotionsausbrüchen, wie die Mitglieder ihrer neuen Familie.

Das MFA meldete ihr, dass Anima sie in ihrem Zimmer erwartete. Die Mutter rief mit weinerlicher Stimme nach ihr, was Aurea vollkommen ungewöhnlich erschien.

Sie beeilte sich und stand schon bald mit klopfendem Herzen vor der Tür. Nach leichtem Zögern streckte sie die Hand aus. Die Verriegelung löste sich augenblicklich. Sie fand ihre Mutter in einem völlig aufgelösten Zustand vor.

Das hatte sie, bei dieser meist sehr beherrschten Frau, noch nie erlebt. Ihr Haar hing strähnig um das verweinte rot aufgedunsene Gesicht, währenddessen ihre Hände mit einem feuchten Reinigungstuch rangen. Mehre andere gebrauchte Tücher wurden gerade gewissenhaft von einem Robo aus allen Zimmerecken aufgelesen und entsorgt.

„Ach, liebes Kind", schluchzte sie und drückte Aurea inbrünstig an ihr Herz. Es fühlte sich für das Mädchen so an, als klammere sich eine Ertrinkende in letzter Verzweiflung an ihr fest und müsste sie im nächsten Augenblick mit sich in die Tiefen eines endlosen Ozeans reißen.

Vielleicht eine Spur zu unwirsch löste sie sich deshalb aus der Umklammerung und ließ sich auf einer der bequemen Sitzgelegenheiten nieder.

„Was ist geschehen, Anima, das dich so traurig macht?", fragte sie so sanft wie es ihr möglich war.

Schluchzen. Dann schniefte sich die Mutter die Nase und sank auf das große weiche Schlaflager, welches ihr Zimmer dominierte.

„Wir haben so sehr gestritten", flüsterte sie unter weiteren Tränen. „Ich weiß nicht, ob sich das noch reparieren lässt."

„Wieso, ist was kaputt gegangen?", wollte Aurea wissen und bemerkte im selben Augenblick, wie naiv diese Frage war.

„Ja, das ist für dich alles schwer zu verstehen. Es sind Beziehungsangelegenheiten, von denen du hoffentlich noch eine ganze Weile verschont bleiben wirst." Drei tiefe Atemzüge, dann bedrückende Stille.

„Willst du dich wieder von Roxi trennen?" Aurea war ihre Beklommenheit anzumerken, denn sie fürchtete sich vor den vielen Problemen, die auf sie zukommen könnten.

Die Mutter richtete ihre geröteten Augen auf sie, den Blick von bodenloser Trauer erfüllt.

„Ich kann noch nicht sagen, wie es weitergehen soll – jedenfalls muss sich in Zukunft einiges verändern!" Langsam erhob sie sich und schritt zu der zierlichen weißen Kommode in einer Zimmernische. Sie griff nach der Haarbürste und der Pflegerobo erschien im selben Moment in der Tür.

„Entschuldige meinen Auftritt, Aurea! Ich werde etwas Zeit brauchen, um mein Äußeres wieder herrichten zu lassen. Bitte, lass mich jetzt allein." Ihr zaghafter Versucht, zu lächeln, geriet zu einer jämmerlichen Fratze.

Aurea flüchtete fast lautlos aus dem Raum und erreichte leicht fröstelnd ihr eigenes Zimmer. Largiri hatte schon auf sie gewartet und landete ohne Vorwarnung auf ihrer Schulter.

„Oh, du unartiges kleines Monster!", schimpfte das Mädchen lachend und warf sich sogleich mit der lila Katze auf ihre Schlafstätte, um ausgiebig zu schmusen. Ihre Mutter sollte sich vielleicht auch lieber ein Kuscheltier anschaffen, statt es immer wieder mit diesen frustrierenden Beziehungen zu anderen Frauen zu versuchen.

Während die zarten Finger liebevoll das Katzenfell kraulten, herrschte in Aureas Kopf keinesfalls

Friede. Nach und nach ging sie mit allen ihren Familienmitgliedern ins Gericht.

Sie war doch selbst eine so umgängliche Person, warum musste sie nur von diesem Chaos heimgesucht werden? Oder traf sie vielleicht auch irgendwelche Schuld an dem Dilemma? Doktorin Sella hatte ihr davon abgeraten, immer die Fehler bei anderen zu suchen. Alles, was einer Frau geschieht, hat immer sehr viel mit ihr selbst zu tun! Alles ist ein Schritt auf dem Weg zur eigenen Vollkommenheit. Jede Begebenheit ist ein wichtiger Teil des großen Lebenspuzzles.

„Was würde ich selbst jetzt am liebsten tun?", fragte sie sich schließlich fast schon verzweifelt.

Nachdem sie viele verschiedene Möglichkeiten durchgespielt hatte, blieb eine besonders reizvolle Illusion schließlich im Vordergrund ihrer Gedanken haften. Gleich hinter ihrem Facettenauge, als ob sie an der Oberfläche eines dunklen Sees schwamm und vom hellen Mondlicht beleuchtet wurde, trieb die ebenso verlockende wie verbotene Idee von einer Reise in den wilden Urwald.

Sie versuchte sich von diesem übermächtigen Gedanken abzulenken, indem sie das Untergeschoss mit dem hübsch gestalteten Fitness- und Wellness-Bereich aufsuchte.

Das große unregelmäßig geschnittene Wasserbecken leuchtete in einladendem Azur. Eine eingängig zarte Musik, die in Wellen an- und abschwoll, erfüllte den sanft erhellten Raum. Ein Robo wuselte hilfsbereit auf sie zu. Aber sie legte ohne Umschweife ihre Kleidung selbständig ab und schlüpfte völlig nackt in das wohltemperierte Becken.

„Bitte sprudeln!", gab sie ein leises Kommando und augenblicklich umhüllte sie ein Blubbern von schillernden Wasserblasen. Aurea ließ sich auf der Wasseroberfläche wie auf einem Teppich aus zart schäumender Gicht treiben und versuchte ihren Gedankenfluss zu steuern, dass er träger und träger wurde, bis er fast ganz zum Stillstand kam. Sie atmete ruhig und gleichmäßig. Dabei nahm sie einen angenehmen unaufdringlichen frischen Duft wahr. Dieses Bad war eindeutig ein Gewinn gegenüber der Gemeinschaftsanlage in dem großen Etagenhaus, das sie ehemals bewohnten. Vor allem konnte sie sich hier völlig ungestört fühlen und auf jegliche Bekleidung verzichten. Der Bereich war ja nur den Familienmitgliedern zugänglich und notfalls auch zu verriegeln.

Nachdem Aurea langsam wieder zu normalem Denken und Fühlen fähig war, beschloss sie, ihre Schwester aufzusuchen. Wozu waren sie jetzt schließlich zu zweit, wenn nicht auch um Freud und Leid miteinander zu teilen!

Proles hörte keine Musik mehr. Es war beunruhigend still in ihrem Zimmer, als Aurea sich ohne große Ankündigung einfach Zugang verschaffte. Die Schwester hätte, wie jede der Bewohnerinnen des Hauses, die Möglichkeit gehabt, den Zugang für die anderen durch einen speziellen Code dauerhaft oder zeitweilig zu verhindern. Privatsphäre musste auch in einer Familie möglich sein, darin waren sich alle Frauen von Anfang an einig gewesen. Aber Proles hatte heute darauf verzichtet.

Aurea ließ ihren Blick durch das unordentliche Zimmer schweifen. Das Mädchen hatte noch immer nicht entschieden, wohin ihre persönlichen Dinge verstaut werden sollten, und dagegen waren die hilfreichen Hausrobos völlig machtlos. Sie mussten schon seit dem Einzug um Proles Sammelsurium herum wuseln und unter erschwerten Bedingungen alles sauber halten.

Als sie Proles in einer Ecke mit irgend etwas sehr intensiv beschäftigt am Boden hocken sah, wollte sie gleich auf sie zu laufen, kam aber über eine alte eiserne Maschine ins Stolpern und schlug mitten im Zimmer lang hin.

Die Schwester schien sie erst durch den Schmerzensschrei beim Aufprall zu bemerken. Nun erhob sie sich erstaunt und eilte gleich herbei, um zu sehen, ob sie sich verletzt hatte.

„Was machst du denn schon wieder, Schwesterchen? Bist wohl etwas ungeschickt?", foppte sie, als sie sah, dass Aurea keinen Schaden genommen hatte.

„Also das ist ja wohl nicht meine Schuld, dass du keine Ordnung halten kannst", zickte Aurea, rieb sich die Schulter und rollte auf den Rücken, um Proles in die Augen zu blicken.

Die lachte nur laut und unbekümmert auf. Dann warf sie sich neben Aurea auf den Boden und reckte die Beine wie eine Kerze zur Decke. Aurea sah sie bewundernd an. Leibesertüchtigung war eben nicht ihre Stärke, und sie konnte nicht begreifen, dass Proles ihren Körper so mühelos beherrschte. Inzwischen hatte die sich neben ihr auf den Kopf gestellt und begann in dieser Position eine Melodie zu pfeifen.

„Proles, lass doch mal einen Moment diesen Unsinn sein! Ich muss was mit dir besprechen", drängte Aurea und zog am leichten Beinkleid der Schwester. Die landete in einem gekonnten Bogen neben ihr und zupfte provozierend an ihrem blonden Haar.

„Was ist wieder so wichtig und sooo ernst?"

„Was machen wir, wenn Anima und Roxi sich wieder trennen wollen?"

„Haben die so etwas vor?", fragte Proles, und ungläubiges Erstaunen lag in ihrem dunklen Blick.

„Anima ist außer sich! Und sie hat sich früher schon aus nichtigeren Gründen von Gefährtinnen getrennt." Aurea hatte sich aufgesetzt und das Kinn in Denkerpose auf beiden Händen abgestützt.

„Hm!"

„Ja, Beziehungsprobleme!" Aurea ließ altklug den Atem durch die Zähne entweichen.

„Ich habe jetzt erst mal Hunger! Lass uns ins Speisezimmer gehen und uns was Schönes bestellen, ja?"

„Na gut! Mit Hunger im Bauch kann frau schließlich keinen klaren Gedanken fassen", gab Aurea ihrer wilden Schwester lächeln nach und folgte ihr bereitwillig.

Eiszeit

Am nächsten Tag waren die beiden ungleichen Schwestern auf sich selbst gestellt. Beide Mütter hatten sich bei den Mahlzeiten nicht sehen lassen. Roxi war von ihrem Arbeitsplatz noch nicht zurückgekehrt, und Anima hatte sich ohne Frühstück und ohne Verabschiedung gleich am frühen Morgen auf den Weg zu ihrem Institut gemacht.

Beide Mädchen kannten diese Situation. Sie waren die Töchter von Karrierefrauen. Die Arbeit der Mütter hatte immer in ihrem Leben erste Priorität gehabt. Aureas sowie auch Proles Betreuung hatte in der Kindheit in den Händen von liebevollen Ammen gelegen und später kamen sie mit hilfreicher Unterstützung der Robos ganz gut selbst zurecht.

Leider war nun alles überschattet von dem Streit, der nach einer baldigen Beendigung verlangte, damit endlich Normalität in das Familienleben Einzug halten konnte.

Soviel die Mädchen wussten, hatten die Mütter auf stur geschaltet und keinen Kontakt mehr zueinander aufgenommen. Es herrschte eisiges Schweigen in ihrer Beziehung.

Während ihres gemeinsamen Frühstücks stocherten die Schwestern daher lustlos und ziemlich einsilbig in ihrem Getreidebrei.

„Ich hätte vielleicht lieber diese herzhaften Algenbällchen wählen sollen", meinte Proles und schob die Schale mit dem Brei von sich. Sofort näherte sich der zuständige Robo und fragte dienstbeflissen, ob er abräumen solle oder ob noch ein anderer Wunsch zu erfüllen wäre.

„Nein, danke – verzieh dich, Blechkopf!", blaffte Proles den Helfer an.

„Lass deine Wut nicht immer an den Robos aus! Die erfüllen doch nur ihre Pflicht." Aurea betupfte ihren Mund mit einem Hygienetuch und bat den Robo freundlich, den Tisch abzuräumen. Dann stellte sie sich hinter die Sitzgelegenheit ihrer Schwester und schlang ihre Arme zärtlich um deren Schultern. Fasziniert schnupperte sie an Proles lockigem Haarschopf und musste sich beherrschen, ihr nicht einen Kuss in den Nacken zu drücken, genau dort wo der Haarwuchs in einer kleinen Vertiefung endete.

Die andere reagierte nicht auf diese Annäherung. Sie saß nur unbeweglich da und tat plötzlich einen tiefen Seufzer.

„Am liebsten würde ich auf und davon gehen. Das ganze Drama hier strapaziert gewaltig meine Nerven. Schade, dass wir noch nicht volljährig sind, dann könnten wir unser eigenes Ding machen."

„Ja, aber ist Weglaufen wirklich eine gute Lösung?" Aurea verdrehte nervös die Augen. Das Facettenauge auf ihrer Stirn blinkte sehr aktiv, was ein Zeichen ihrer emotionalen Angespanntheit war.

„Vielleicht würden sie sich so sehr um uns sorgen, dass ihnen der blöde Streit egal wäre", spekulierte die Schwester.

„Du weißt, dass keine von uns so einfach verschwinden kann. Wir sind doch überall durch das MFA zu orten. Es würde unseren Müttern keine großen Kopfschmerzen bereiten, uns innerhalb kürzester Zeit wiederzufinden. Und dann würde der Hausfrieden nur noch ärger belastet, weil sie auch noch böse auf uns wären."

„Ja, stimmt! Wir müssten die Funktion stören." Proles erhob sich in tiefen Gedanken vom

Essplatz und ging ohne ein weiteres Wort in ihr Zimmer. Aurea wollte ihr folgen, aber die Tür schloss sich vor ihrer Nase und erlaubte ihr keinen Zutritt. Beleidigt verzog sie sich in ihren eigenen Raum.

Largiri schlief tief und fest. Ihre silbernen Schnurhaare bewegten sich sanft im Rhythmus der gleichmäßigen Atemzüge. Unter den transparenten von einem zarten Adernetzwerk durchzogenen Augenlidern rollten ihre großen Augäpfel gelegentlich unruhig hin und her, als träume die Schmusekatze.

Das Mädchen fragte sich, ob Tiere wohl Träume hätten und wie diese dann aussähen. Träumten sie von Situationen des Alltags oder lieferten ihre Instinkte ihnen eher alte Erinnerungen und Phantasien der gesamten Art? Der Gedanke beschäftigte sie so sehr, dass sie in der digitalen Bibliothek nach entsprechenden Themen Ausschau hielt und diese mit Hilfe des MFA in ihr Gehirn einspeiste.

Wie immer, wenn Aurea sich für ein Thema brennend interessierte, führten ihre Recherchen in der Bibliothek sie weit darüber hinaus oder zu ständig neuen Fragestellungen. So lag sie, die beiden äußeren Augen geschlossenen, mit aktiv blinkendem Facettenauge stundenlang entspannt in ihrem Lieblingssessel und lernte viele Dinge über Tiere, die sie teilweise in großes Erstaunen versetzten.

Hin und wieder wuselte ein Robo vorbei und fragte, ob sie ein Getränk wünsche oder etwas zu Essen. Die Mütter hatten die Robos so programmiert, um sicher zu gehen, dass die Mädchen auch gut versorgt wurden. Bei Erwachsenen hielten sich die dienstbaren Geister sehr im Hintergrund und erschienen nur auf Befehl oder bei offensichtlicher Notwendigkeit.

Gegen Abend, die Sonne näherte sich bereits dem Horizont, wie ein Blick durch die große Glaswand in ihrem Zimmer dem Mädchen unschwer vermittelte, meldete sich Anima über das MFA. Sie war im Gleiter auf dem Weg nach Hause und bat Aurea alles für ein gemeinsames Abendmahl zu richten. Das Mädchen vernetzte sich mit der Schwester und lief gleichzeitig ins Speisezimmer, um den Robos die entsprechenden Anweisungen zu geben.

Proles kam diesmal augenblicklich herbeigeeilt.

„Essen wir etwa alle zusammen? Haben sie sich wieder versöhnt?", wollte sie aufgeregt wissen.

„Ich habe keine Ahnung. Die Anweisung kam von Anima. Sie ist mit dem Gleiter unterwegs und will gleich hier sein. Was mit Roxi ist, weiß ich nicht."

Die Robos versuchten, so geschickt wie möglich, um die Mädchen herum zu agieren. Proles machte es ihnen wie immer nicht gerade leicht. Aurea zog sie am Ärmel von der Tafel fort.

Da öffnete sich die Tür und Roxi erschien. Sie sah sehr müde und angestrengt aus. Der Glanz war aus ihren intelligenten Augen verschwunden. Einige Fältchen hatten sich um ihre Mundpartie eingegraben. Sie machte aber den Versuch, zu lächeln und nahm zunächst Proles und dann auch Aurea nacheinander in den Arm. Die beiden grüßten ebenso freundlich wie erleichtert. Es schien alles wieder gut zu werden.

Erst als sich Roxi frisch gemacht und in Freizeitkleidung bei ihnen an der Tafel Platz genommen hatte, erschien Anima. Sie war so stark geschminkt, dass ihr Gesicht wie eine Maske wirkte. Genauso undurchdringlich war auch der Blick, mit dem sie die Abendgesellschaft kurz streifte.

„Ihr könnt ruhig schon beginnen. Ich brauche noch etwas Zeit zum Umziehen und stoße später zu euch." Schon war sie mit diesen emotionslosen Worten wieder verschwunden. Aurea spürte einen eisigen Hauch, der sie frösteln ließ und hoffte nur, dass dies den anderen Frauen verborgen blieb.

Der Appetit hielt sich bei allen in Grenzen, obwohl wundervolle Leckereien aufgetischt waren und eine angenehme Hintergrundmusik für die nötige Entspannung sorgen sollte. Auch eine Unterhaltung wollte nicht in Gang kommen. Roxi hatte sich zwar liebevoll erkundigt, wie die Schwestern die Zeit verbracht und ob sie sich schon etwas eingelebt hätten. Aber die einsilbigen Antworten, die nicht die Möglichkeit zu einem weiterführenden Gespräch gaben, ließen sie bald verstummen.

Als sich Anima schließlich wortlos zu ihnen setzte, handelte sich das nur um eine Steigerung der erzwungenen Peinlichkeit.

„Ach, gibt es keine Fischröllchen mit Kräutern?", fragte sie patzig und warf Roxi einen vernichtenden Blick zu.

Aurea beeilte sich zu beteuern, dass das ihre Schuld sei und der Robo eilte auch schon herbei, um festzustellen, ob etwas fehlte. Aber Anima schickte ihn sofort weg und nahm sich beleidigt von dem köstlichen Algensalat, als ob er eine Zumutung darstelle.

Da erhob sich Proles von ihrem Sitz und meinte lakonisch: „Das hier muss ich mir nicht antun, gute Nacht miteinander!"

„Ach, Kinder, bitte entschuldigt! Es ist vielleicht besser, wenn ihr uns ein wenig allein lasst, gute Nacht euch beiden", versuchte Roxi die Situation halbwegs zu retten.

Die Mädchen verließen das Mahl wortlos. Erst als sie auf dem Gang ankamen, der zu ihren Privaträumen führte, sahen sie sich traurig an.

„Das ist ja wohl absolute Weiberkacke!", platzte Proles heraus. „Wollen wir nach unten gehen? Ich hab noch keine Lust zum Schlafen, wir sind doch keine Babys."

Aurea folgte der Schwester mit wortloser Zustimmung durch die Luftschleuse ins Untergeschoss.

Proles öffnete die Tür zum Fitnessraum. Das war nicht Aureas Lieblingsbereich, aber sie hatte im Augenblick auch keine bessere Idee. Vielleicht würde es ihnen gut tun, sich durch körperliche Bewegung etwas abzureagieren. Da sie bereits Freizeitkleidung trugen, mussten sie sich nicht groß umziehen. Aurea ließ sich nur das Haar zu einem Zopf binden, damit es bei den Übungen nicht nervte. Der Robo reichte ihnen Schweißtücher, die sie sich um die Schultern legten. Ihre Sportschuhe standen ebenso bereit.

Die Muskeltrainingsmaschinen wurden natürlich durch das MFA in Verbindung mit dem dritten Auge gesteuert. Individuelle Trainings-Programme ergaben sich aus der Analyse von Muskelmasse, Körperfett, Gewicht, Größe und den Vitalitätsdaten sowie körperlichen Besonderheiten, die das MFA alle ständig überprüfte.

Es kam nur selten vor, dass frau bei diesen Programmen irgendwelche Schwierigkeiten wie Muskel- oder Knochenschmerzen bekam. Die Mädchen wussten, dass sie sich nach der Absolvierung der vorgeschlagenen Durchgänge leicht und entspannt fühlen würden, das ließ sie die anderthalbstündige schweißtreibende Anstrengung geduldig absolvieren.

Gesprochen wurde während der Trainingseinheit nicht. Proles hatte laut hämmernde Begleitmusik ausgesucht, die Aurea mit einer leichten Abschottung ihres Gehörs erträglicher gestaltete. Der Rhythmus war ihr bei den immer wiederkehrenden Übungen hilfreich und vertrieb die negativen Gedanken ziemlich erfolgreich aus ihrem

Kopf. Ihre natürlichen Augen waren geschlossen, um visuelle Eindrücke zu minimieren.

Als Aureas Programm beendet war, und sie zu den Dehnübungen überging, schaute Proles interessiert zu ihr herüber. „Schon durch, Schwesterchen? Ich muss noch ein bisschen was zulegen. Sollen wir später gemeinsam schwimmen?"

Aurea gähnte. „Nein, ich geh jetzt nur noch duschen und dann ins Bett, sonst werde ich nachher wieder munter und kann die ganze Nacht nicht schlafen." Sie zog sich mit dem Pflegerobo in die Dusche zurück und sprach vorsichtshalber den Code für die Verriegelung. Der duftende Schaum umhüllte bald ihren transpirierenden Körper. Sie genoss die wirbelnden Tropfen der sehr raffinierten Massagedusche, ein neues Modell, das es nur hier im Fitnessbereich gab und das sie bisher noch nicht ausprobiert hatte.

Als sie, frisch gesalbt und in saubere Tücher gehüllt, die Dusche verließ, stieß sie beinahe gegen ihre verschwitzte Schwester.

„Hey, lauf mich nicht über den Haufen, fein duftendes Schwesterlein! Bekomme ich einen Gutenachtkuss?"

Aurea war von dem ungewohnten Annäherungsversuch etwas überrascht.

„Na, du duftest eher nach weniger angenehmen Essenzen", lächelte sie, spitzte aber die Lippen und drückte sie kurz in das verschwitzte Gesicht ihrer Schwester. „Gute Nacht, Proles, und träume schön. Wir sehen uns morgen beim Frühstück!" Dann verschwand die schöne Blonde, ohne sich noch einmal umzudrehen, mit sorgsam zusammengeraffter Verhüllung nach oben in ihr Gemach.

Verbotene Pläne

Ein bedrückendes gemeinsames Frühstück blieb den Mädchen erspart, weil beide Mütter wieder sehr früh das Haus verlassen hatten. Nach der morgendlichen Stärkung beschlossen die beiden, ein wenig zu schwimmen und später die Gegend zu erkunden. Es war ihr letzter schulfreier Tag und herrlich mildes Frühsommerwetter.

Aurea kleidete sich in einen regenbogenfarbenen Badedress, da sie sich scheute, vor Proles nackt ins Becken zu steigen. Erfreut registrierte sie, dass auch die Schwester Badekleidung trug. Weil sich das Material wie eine dünne Haut über den Körper zog, waren die Konturen sehr genau zu erkennen.

Wie unterschiedlich die Natur ihre jungen Körper doch aufgebaut hatte! Während Aureas eher frauliche Rundungen ihre Figur dominierten und sehr weich erscheinen ließen, wirkten Proles Formen durch die starke Muskulatur, breite Schultern, schmale Hüften, große Hände und Füße, kein Gramm Fett zu viel, fast grob und kantig. Sie hatte außerdem einen Unterleibsschutz angelegt, was Aurea für etwas übertrieben hielt, aber mit der Gewohnheit durch die zahlreichen sportlichen Aktivitäten der Schwester erklärte.

Die jugendlichen Frauen hatten sehr viel Spaß beim Plantschen und Tauchen in dem kristallklaren Wasserbecken. Sie genossen es sichtlich, nicht mehr allein mit den Robos als einzige Ansprechpartner zu leben.

Plötzlich tauchte Proles nasses Gesicht genau vor Aurea auf. Sie pustete ihr einen Strahl Wasser entgegen und umarmte sie dann stürmisch. „Ich mag dich sehr, mein blondes Schwesterlein", gluckste sie und drückte ihr auch schon einen fetten Schmatzer auf den Mund.

Aurea bekam fast keine Luft mehr, weil die Schwester sie für einen unendlich erscheinenden Moment mit eisernem Griff umklammerte. Dann stieß sie die verstörte Aurea plötzlich ebenso ungestüm von sich und lachte hell auf, dass es von den raffiniert geschliffenen Spiegelwänden des Bades widerhallte.

Aurea schluckte Wasser und hustete, weil sie in dem Augenblick, als sie durch den Stoß untertauchte, gerade im Begriff war Atem zu schöpfen. Keuchend stieg sie aus dem Becken und schüttelte sich verstört, während der Pflegerobo
158

sie in seine Obhut nahm, um sie für die weiteren Aktivitäten des Tages anzukleiden und fraulich herzurichten.

Proles wartete schon auf der großen Gartenterrasse und hatte gerade aus Langeweile die Vogeltränke mit einem gezielten Stoß ihres Fußes quer durch die Luft ins weiche Moos befördert, wobei das Wasser natürlich zu allen Seiten spritzte. Aurea erschien gleichzeitig mit dem dienstbaren Roboter, der sich umgehend anschickte, den Schaden zu beseitigen.

„Was machst du nur wieder für einen Unsinn, Schwester?", schimpfte Aurea ohne wirkliche Ernsthaftigkeit, denn sie war ja inzwischen an derartige Auswüchse des ungezügelten Temperamentes der Schwester gewöhnt. „Lass uns loslaufen! Oder sollen wir den Gleiter nehmen?"

„Ich glaube, zu Fuß können wir die nähere Umgebung genauer untersuchen", meinte Proles, warf ihr einen verschwörerischen Blick zu und stürmte auch schon davon.

Das unmittelbare Umfeld ihres neuen Heimes war geprägt von großen herrschaftlichen Gebäuden, die sich in riesige geschmackvoll angelegte Landschaftsgärten, wie verstreute Berge in eine fruchtbare Ebene, einfügten. Es stellte eine so große Veränderung zu ihrer gewohnten Umgebung in der Stadt dar, dass die Mädchen nach einem kurzen übermütigen Sprint, staunend und etwas eingeschüchtert wortlos nebeneinander her schlenderten.

Im Gegensatz zu den riesigen meist gläsern wirkenden Wolkenkratzern, waren hier noch viele natürliche Materialien wie Stein und Holz verbaut worden. Allerdings gab es auch verspiegelte Kristallflächen, um die Räume hell und freundlich zu gestalten. Außerdem bezogen die Gebäude daraus ihre Energie. Die schmalen befestigten Wege waren sauber aber offenbar wenig genutzt. Hier und da versuchte sich die Natur scheinbar unbemerkt kleine Teile zurückzuerobern.

„Die benutzen hier wahrscheinlich nur ihre Gleiter. Keine einzige Frau ist zu sehen. Und diese riesigen Grünflächen mit den vielen großen Pflanzen sind ja auch nicht zu überschauen." Proles redete wie zu sich selbst.

„Ich finde das hier ganz schön. Und die Blüten duften so herrlich. Nur die Geschäfte fehlen mir. Aber wenn ich wieder die Schule besuche, kann ich ja immer im Anschluss alles erledigen, was ich in der Stadt zu besorgen habe", bemerkte Aurea.

Neben ihnen mähte ein Gartenrobo fast geräuschlos eine sanft ansteigende Grünfläche, durch die sich ein schmaler Wasserlauf schlängelte. Eine bunte nach Insekten pickende Vogelschar folgte ihm.

„Ob wir uns einen Außenpool anlegen könnten? Ich glaube das Klima ist hier warm genug, wenigstens im größten Teil des Jahres."

„Ach, Schwesterchen, hat dir das Plantschen vorhin so viel Spaß gemacht?", neckte Proles und verwuschelte ungestüm Aureas offenes Haar. Während das Mädchen sie lachend abwehrte wechselte die andere plötzlich das Thema und wurde sehr ernst: „Ich habe über das Ausreißen nachgedacht. Das Problem mit dem MFA ist so gut wie gelöst. Eine Freundin, mit der ich mich häufig gedanklich vernetze, hat herausgefunden, dass sich die Speicherung mit einem dieser blauen Kristalle durcheinander bringen lässt, die sich in der Schaltzentrale der Robos befinden. Ist allerdings ein bisschen riskant, da heranzukommen. Aber das lass mal meine Sorge sein."

„Aber Proles, du hast das doch nicht etwa ernst gemeint?" Aurea blickte verstört.

Der Weg vollzog eine scharfe Biegung. Völlig unvermittelt fanden sie sich einer großen blinkenden Verbotstafel gegenüber:

Achtung! Sorgen Sie für Ihre Sicherheit!

Hier beginnt der Grenzkontrollweg.

Betreten ist nur den Wächterinnen, während der regelmäßigen Patrouillen, erlaubt.

Zuwiderhandlung steht unter Strafe!

Gleichzeitig ertönte ein unangenehm schriller Warnton aus dem MFA.

Erschrocken sahen sich die Mädchen an. Aurea ergriff unwillkürlich die Hand ihrer Schwester. Der Weg war durch ein Elektronengitter, welches mit dem Facettenauge sehr genau wahrgenommen werden konnte, blockiert. Den Code besaßen mit hoher Wahrscheinlichkeit nur die Wächterinnen.

Wenn die Mädchen den geringsten Versuch machten, diese Absperrung zu durchbrechen, würden sie über das MFA geortet und identifiziert. Die Bestrafung konnte empfindlich ausfallen. Zumindest wären die Mütter gar nicht begeistert davon.

„Lass uns hier verschwinden, Proles! Wir kommen sonst in große Schwierigkeiten. Du weißt, dass dort der Urwald beginnt." Sie deutete einerseits auf die nicht zu übersehenden Kontrolltürme entlang des Grenzwalls und zog gleichzeitig an der kräftigen Hand der Schwester.

„Nun sei kein Angsthase, Aurea! Wir können doch einen Augenblick stehen bleiben und uns alles genau ansehen. Es kann ja schließlich nicht verboten sein, sich mal selbst einen Eindruck von der Grenze zu verschaffen, wenn frau hier gleich in der Nähe wohnt. Ist doch ein ganz natürliches Interesse." Proles kniff schelmisch ihr linkes Auge zu und bewegte sich keinen Millimeter von der Stelle.

„Aber, wenn eine der Wächterinnen hier vorbeikommt ..."

„Ach, Schwesterlein, nun sei mal einen Moment still, damit ich mich konzentrieren kann!" Proles richtete ihre Augen gebannt auf die Grenzanlagen. Mit dem Lichtstrahl aus ihrem Facettenauge tastete sie die Umgebung genauestens ab. Der schrille Alarmton setzte plötzlich aus. Die folgende Stille hatte etwas Unheimliches.

Als sie das ferne Brüllen eines ihnen unbekannten Tieres wahrnahmen, schauderte Aurea. Sie ließ die Hand der noch immer völlig unbeweglich ausharrenden Schwester los, um sich leise rückwärts schleichend einige Meter zu entfernen. Die Minuten, während Proles sich „einen Eindruck verschaffte", dehnten sich für Aurea ins Unendliche aus, aber sie wollte die Schwester hier nicht allein zurücklassen.

Als ob sie von einem normalen Einkaufsbummel heimkehrte, schlenderte Proles schließlich auf sie zu, um völlig entspannt den Rückweg mit ihr anzutreten.

Sie begaben sich gerade wortlos in einen Parallelpfad, als Proles ungewohnt leise zu reden begann: „So, diese Sache wäre auch geklärt! Ich werde mich heute nochmal mit einer anderen Freundin vernetzen. Die kennt sich ein bisschen besser mit diesen Sicherheitsvorkehrungen am Grenzwall aus. Dann bleibt uns nur noch, einige notwendige Dinge einzupacken. Du besitzt doch sicher einen größeren Beutel, der sich bequem tragen lässt?"

Aurea machte erstaunte Augen, nickte aber nachdenklich.

„Proles, was hast du wieder für seltsame Gedanken?", entschlüpfte es ihr schließlich besorgt.

„Glaubst du vielleicht, dass sich unsere Mütter wieder vertragen, wenn dazu nicht unbedingte Notwendigkeit besteht?"

„Was hat das nun wieder zu bedeuten?"

„Wir werden ihnen ein paar ordentliche Sorgen bereiten, damit der blöde Streit in den Hintergrund tritt!" Proles lachte unbekümmert und zwickte Aurea in die Wange. „Jetzt gehen wir zum Haus zurück. Ich erledige noch die notwendigen Recherchen. Dann komme ich zu dir, und wir besprechen wie es weitergeht."

Flucht

Während Anima und Roxi mit sich und der gegenseitigen Verletzung ihrer Gefühle vollauf beschäftigt waren, blieben ihnen die gefährlichen Aktivitäten ihrer beiden Mädchen völlig verborgen.

Eigentlich hätte Aurea am Morgen wieder am Schulunterricht teilnehmen müssen, aber die Mütter waren beim Frühstück bereits verschwunden. So hatte Proles völlige Freiheit beim Umsetzen ihres perfiden Planes.

Irgendwie bewunderte Aurea ihre Schwester für ihr Organisationstalent und den Mut, eine so gefährliche Aktion durchzuziehen. Sie selbst hatte sich nach anfänglichem Widerstand damit abgefunden, dass sie beide den Müttern etwas Kummer bereiten würden, um so den Hausfrieden wieder herzustellen. Sie rechnete aber nicht ernsthaft damit, dass der Versuch in den Urwald zu gelangen, von Erfolg gekrönt sein würde.

Die Absperrungen, die ihr noch immer vor Augen standen, erschienen ihr unüberwindlich und schon gar für zwei junge unerfahrene Mädchen, wie sie es waren.

Halbherzig packte sie einige Dinge in einen größeren Schulterbeutel, in dem sie sonst manchmal eines ihrer Musikinstrumente transportierte, wenn sie es in der Schule verwenden wollte.

Was, gütige Urmutter, nahm frau denn am besten mit in den Urwald? Sie trug bereits bequeme dunkle Kleidung, wie es Proles von ihr verlangt hatte. Largiri schnurrte neugierig um sie herum und auch der Robo wusste scheinbar ihre seltsamen Aktivitäten nicht einzuordnen. Sie gab ihm den Auftrag einige unentbehrliche Kleidungsstücke zusammenzusuchen.

Länger als einen Tag würden sie sowieso nicht verschwunden sein, ohne dass die Wächterinnen sie entdeckten und nach Hause zurückbrächten. Sie schlüpfte in ein paar bequeme feste Schuhe. Vielleicht mussten sie ja doch durch unwegsames Gelände und an Dornengestrüpp oder ekligem Kleingetier vorbei, ehe sie gefunden wurden.

Dann suchte sie aufgeregt nach einer kleinen Tasche mit einer Art Urlaubsapotheke unter ihren privaten Schätzen. Auch dieses Teil landete vorsichtshalber in dem Beutel. Sie schnürte ihn anschließend zu und hievte ihn über die Schulter.

Dabei wunderte sie sich, wie schwer er am Ende doch geworden war, weil sie zu Anfang eigentlich überhaupt nichts mitnehmen wollte.

„Na, wie weit bist du, Schwesterlein? Können wir aufbrechen?" Proles stand als eindrucksvoller schwarzer Schatten in der Tür.

„Ja, gepackt habe ich soweit …" Aurea blickte zögerlich und nicht ohne Furcht, vor allem, was kommen würde, zu ihr hinüber.

„Wir nehmen den Gleiter und bewegen uns damit ein Stück weit den Grenzwall entlang. Es gibt da eine bestimmte Stelle … Aber du wirst schon sehen. Ich kann es dir besser später erklären." Dann senkte sie ihre Stimme zu einem Flüstern und näherte sich ihrem Ohr: „Du weißt ja, Feind hört mit!"

Während sie mit dem Gleiter zu der besagten Stelle unterwegs waren, die Proles nach ihren geheimen Recherchen anpeilte, überflogen sie die idyllische Umgebung ihrer neuen Heimat. Aurea beobachtete hier und dort einige Frauen und Mädchen in den Gärten. Sie bewunderte die zahlreichen schön angelegten Außenpools und Sonnenterrassen.

„Oh, schau nur Proles, wenn wir uns sowas anlegen lassen, brauchen wir gar keinen Urlaub mehr."

„Wo bist du nur mit deinen Gedanken, Schwesterlein? Gibt es für dich keine anderen Probleme? Du kommst mir wirklich manchmal ein bisschen naiv vor." Proles schaute währenddessen sehr konzentriert auf den Grenzwall, dessen Verlauf sie mit einigen Metern Abstand folgten.

Es patrouillierten gerade drei Wächterinnen von einem der Türme zum nächsten. Sie trugen Waffen vor der Brust und silberne Schutzkleidung. Die Mädchen beobachteten, wie zwei von ihnen hinaufstiegen, um von dort in alle Richtungen zu spähen. Kurz streiften die kritischen Blicke auch ihren Gleiter. Sie hielten ihn offenbar für unverdächtig, wandten sich deshalb bald wieder ab und verließen den Turm, um ihren vorgeschriebenen Kontrollgang fortzusetzen.

„Die kommen hier jede Stunde vorbei. Wenn wir uns beeilen und die bestimmte Stelle bald erreichen, haben wir freie Bahn. Ich hoffe nur, dass die Hausrobos nicht so schnell Alarm schlagen, weil ich den blauen Kristall aus der Schaltzentrale meiner Pflegeblechbüchse geklaut habe", gab

Proles in unbeschwertem Plauderton von sich und grinste die Schwester übermütig an.

„Ach, wenn das nur alles gut ausgeht", seufzte Aurea und nestelte aufgeregt am Band ihres Schulterbeutels.

„Hast du auch an was Essbares gedacht?", fragte Proles forschend. „Oder hast du da etwa nur Klamotten drin?"

„Alles nur wichtige Sachen, aber nichts zum Essen, leider. Ich dachte, du...?" Aurea blickte betreten drein.

„Sei still! Wir sind jetzt an der Stelle. Ist günstig, dass hier keine Gebäude stehen. Wir gehen hier runter und lassen den Gleiter liegen. Den können sie ruhig finden."

Die Mädchen landeten im Gras und näherten sich vorsichtig dem Grenzwall. Es gab hier keinen Wachturm und auch keine Warntafel. Allerdings sahen sie mit ihren Facettenaugen sehr genau das elektronische Gitter.

„Schau dort hin, Aurea", flüsterte Proles ihr zu und deutete etwa drei Meter von ihnen entfernt auf einen umgefallenen Baum. Er ragte mit seiner Krone genau in das elektronische Gittergeflecht, so dass es an dieser Stelle unterbrochen schien. Aurea nickte verstehend aber von plötzlicher Panik ergriffen, denn sie erkannte nun eine gewisse Wahrscheinlichkeit, dass sie doch in den Urwald gelangten. Nur der in hellen Sonnenschein getauchte herrlich warme Vormittag ließ jegliche Gefahr wenig real erscheinen.

„Was ist mit dem MFA?", fragte die ängstliche Schwester mit einem letzten aufkeimenden Hoffnungsschimmer, dass die Aktion doch noch vor der Grenze scheitern würde.

„Wir benötigen die Funktion des Dritten Auges noch für die Überwindung des Gitters, dann können wir die MFA abschalten. Allein kommen wir aus dem Urwald sowieso nicht wieder zurück. Die Barriere ist von der anderen Seite total unüberwindlich. Sonst bekämen wir Frauen von dort ständig unliebsamen Besuch."

Proles war schon unterwegs zu dem Baum und machte sich unter genauer Kontrolle des Sperrgitters an die Überwindung des Grenzwalles. Wollte sie die tollkühne Schwester nicht allein der Wildnis überlassen, musste Aurea es ihr wohl oder übel gleich tun. Für einen Moment schoss ihr der Gedanke durch den Kopf, dass sie mit einer absichtlich ungeschickten Bewegung alles noch verhindern könnte, aber die Magie dieses unvergleichlichen abenteuerlichen Augenblicks verhinderte eine derart vernünftige Reaktion.

Ohne den geringsten Laut aus dem MFA überwanden sie den Grenzwall und einen dahinter befindlichen schmalen Wassergraben. Anschließend fanden sie sich durchnässt zwischen den ersten riesigen Bäumen des Urwalds wieder. Hier war es schattig und kühler, als auf ihrer Heimatseite. Aurea fröstelte und suchte in ihrem Beutel nach trockenen Sachen. Die Schuhe hatten sie glücklicherweise vor dem Wassergraben ausgezogen und trocken ans Ufer gebracht.

Plötzlich gab Proles MFA den gewohnten Alarmton von sich, weil ihr Testosteron einen unnatürlichen Level erreichte. Aurea zuckte zusammen und glaubte, dass sie nun entdeckt würden.

„Wir müssen die MFA sofort unschädlich machen", beschloss Proles und zog auch schon den blauen Kristall aus ihrem Gepäck. Geschickt ließ sie ihn über das MFA gleiten, das augenblicklich verstummte. Gleichzeitig wurde ihr Facettenauge blind.

Sie näherte sich Aureas Handgelenk und führte die gleiche Bewegung auch hier durch. Die Schwester stand nur steif da und blickte entsetzt auf den kleinen blauen Stein. Dann bemerkte auch sie mit Schrecken, wie ihr Drittes Auge seine Funktion verlor.

„Wir sind nun auf uns gestellt, Schwesterlein! Da heißt es zusammenhalten. Ich hoffe, dass es uns besser gelingt, als unseren bescheuerten Müttern." Sie schaute einen Moment ungewöhnlich ernst drein, nur um dann loszuspringen und ihr lautes übertriebenes Lachen auszustoßen.

Urwald

Als Aurea langsam zu sich kam und widerwillig die Augen öffnete, krallte sich die gewohnte Panik gleich wieder in ihren Eingeweiden fest. Die Schwester schnarchte leise direkt neben ihr unter der leichten Wärmedecke, die sie sich für die Nacht geteilt hatten. Über ihnen war ein dünnes wasserdichtes Zeltdach zwischen zwei Bäume gespannt, sodass die nächtliche Feuchtigkeit ihnen in der kleinen Hütte aus Zweigen nicht allzu viel anhaben konnte.

Sie setzte sich vorsichtig auf und betrachtete die Umgebung. Die Sonnenstrahlen fielen zauberhaft durch das vielfarbige Blätterwerk. Alles lag in einem goldenen Licht. Einige unsichtbare Vögel begannen mit dem morgendlichen Gezwitscher. Diese herzergreifende Schönheit hatte etwas so Selbstverständliches, dass sie fast ebenso schmerzte, wie die Angst in ihrem Innern. Es könnte eine meiner Animationen sein, formte sie einen sehnsüchtigen Gedanken voller Heimweh.

Dann dankte sie in einem Stoßgebet der heiligen Urmutter, dass sie beide diese erste Nacht im Urwald heil überlebt hatten. Und sie hatte das Gefühl, sich auch innerlich bei ihrer verrückten Schwester bedanken zu müssen, für all die sinnvollen Vorbereitungen, die diese bei ihrer Aktion getroffen hatte.

Das Nachtlager aus Reisig, Moos und Blättern war fast komfortabel gewesen. Proles hatte ein kleines Ultraschallgerät aufgestellt, das Insekten und wilde Tiere fernhalten sollte. Es war ihnen zwar nicht ganz vertrauensvoll erschienen, aber schließlich hatte die ungewohnt intensive Bewegung in frischer Luft dazu beigetragen, dass die Mädchen doch eingeschlafen waren.

Ein feuchter Kuss weckte sie aus ihren Gedanken.

„Na, wie war die erste Nacht, Schwesterlein? Heimweh?" Proles kramte schon wieder in ihren Sachen, während Aurea sich zu einem künstlichen Lächeln durchrang. Bald streckte die Schwester triumphierend die Hände aus und hielt ihr einige Proteinriegel entgegen, von der gleichen Art, die ihnen auch gestern schon den Hunger vertrieben hatten.

„Es gibt noch verschiedene Sorten, Aurea. Was möchtest du haben?"

Das Mädchen entschied sich für einen fruchtigen Geschmack und begann ohne großen Appetit zu kauen. „Haben wir auch noch Wasser?", fragte Aurea mit vollem Mund und das klang ängstlicher, als ihr im Moment lieb war.

„Für heute haben wir noch Wasser, dann werden wir welches finden müssen", erklärte Proles zwischen zwei Bissen.

„Wie wollen wir welches finden? Und woher sollen wir wissen, ob es sauber ist?" Aurea war nicht weit von einer Panik-Attacke entfernt. Heilige Urmutter, schoss es ihr durch den Kopf, mach, dass sie uns bald aufgreifen!

„Na, ich hab einen Wasserfilter eingepackt. Ist ein altes Gerät, aber funktioniert und ist klein und leicht. Du weißt doch, dass auf deine Proles Verlass ist!" Die Schwester trank einen Schluck Wasser und begann dann mit dem zügigen Abbau der Hütte.

„Warum können wir die Schlafstätte nicht so lassen? Es war doch soviel Arbeit sie anzulegen und vielleicht brauchen wir sie ja noch", wandte Aurea ein und suchte eine Reinigungsbürste aus ihrem Gepäck.

„Nicht, dass du Wasser für die Körperpflege verschwendest! Damit müssen wir warten bis wir einen Fluss oder etwas Vergleichbares finden. Deshalb machen wir uns jetzt zügig auf den Weg!", bestimmte die Schwester, während sie alle Dinge wieder sorgfältig in ihrem Gepäck verstaute.

Aurea beschlich nackte Verzweiflung. Sie waren bis jetzt noch nicht sehr weit von dem Grenzwall entfernt. Gefährliche Tiere hatten sie nicht gesehen, nur manchmal undefinierbare Laute aus der Ferne vernommen. Aber was würde, wenn sie sich weiter in den unbekannten Wald vorwagten? Wie sollten die Mütter sie wiederfinden. Die Ortung mittels der MFA war unmöglich. Würden sie überhaupt im Urwald nach ihnen suchen?

„Nun komm schon, Schwesterlein! Wir sollten uns ein bisschen beeilen, damit wir ein wenig Zeit haben, einen geeigneten Lagerplatz für die nächsten Tage zu finden. Wir brauchen Wasser und bald auch Nahrung, um zu überleben. Und das wollen wir doch, nicht wahr?"

Die blonde Schwester nickte nur schweigend und nahm ihren Schulterbeutel auf. Sie fühlte sich schmutzig, ungepflegt und körperlich angeschlagen. Solange sie sich zurückerinnerte, hatte der

Pflegerobo sie jeden Morgen gründlich gewaschen und eingecremt, ihr seidiges Haar gebürstet und ihre makellosen strahlend weißen Zähne geputzt. Selbst ihr Haustier war gepflegter als sie am heutigen Tag. Wahrscheinlich strömte schon ein unangenehmer Geruch aus ihrer Kleidung, in der sie auch geschlafen hatte.

Glücklicherweise gab es wenigstens genug Pflanzen, hinter denen frau sich verstecken konnte, um ihre Notdurft zu verrichten. Ebenso sehr wie sie sich vor dem Verlassen des Schlafplatzes fürchtete, sehnte sie eine saubere Wasserstelle zur Körperpflege herbei. Also folgte sie der Schwester, so wortlos wie mutlos, und achtete dabei argwöhnisch auf ihre Umgebung, um ja kein gefährliches Wesen zu übersehen.

Die Vegetation war keineswegs undurchdringlich. Sie befanden sich in einem eher lichten Laubwald auf dessen Grund viele kleinere Pflanzen existierten. Es gab auch Ansammlungen von großwüchsigen Farnen, die ihnen den Weg versperrten oder umgestürzte Baumriesen, denen sie ausweichen mussten, aber ansonsten kamen sie problemlos durchs Unterholz.

Proles trug ein großes Messer in der rechten Hand, von dem Aurea nicht wusste, ob es zum

Durchtrennen von Ranken und Zweigen oder zum Töten etwaiger Unholde gedacht war.

Als sich der Wald plötzlich noch weiter lichtete, standen sie staunend vor einer bunt blühenden Wiese. Tausende von Insekten summten und zirpten wie eine flirrende lebendige Wolke über der Lichtung. Die Strahlen der Sonne reflektierten in Mustern und Farben, die ihnen noch nie begegnet waren. Aurea beschattete die Augen und stand minutenlang schweigend vor dem atemberaubenden Schauspiel.

„Ja, das wäre doch mal eine Animation des gefährlichen Urwaldes!" Proles lachte, dann bückte sie sich plötzlich, hob etwas vom Boden auf und schob es nach einem kurzen kritischen Blick in den Mund. „Hm, schmeckt süß! Willst du auch mal kosten?" Sie hielt Aurea eine kleine rote Beere an die Lippen.

Die trat entsetzt einen Schritt zur Seite und wehrte ab: „Bei der heiligen Urmutter, du kannst doch hier nicht einfach irgendwas in den Mund stecken! Wenn die Früchte nun giftig sind?"

„Sind die nicht! Die sehen genauso aus, wie die Beeren in unserem Fruchtsalat, nur das sie kleiner sind. Das ist bei wilden Früchten immer so. –

Hab ich recherchiert", fügte sie schelmisch lächelnd hinzu.

Aurea sah die kleine süße Beere misstrauisch an. Langsam ließ sie die Zungenspitze daran entlang gleiten. Ihre Augen öffneten sich weit in wohligem Erstaunen: „Die ist viel süßer als unsere zu Hause und so aromatisch!" Während sie die Beere mit ihrer Zunge langsam am Gaumen zerdrückte, um ihr wundervolles Aroma zu genießen, sammelte die Schwester bereits behände alle reifen Früchte ein, die zu ihren Füßen zu finden waren.

„Komm, lass sie uns sofort essen. Wir zerdrücken sie nur, wenn wir sie transportieren, und ein paar Vitamine können uns nicht schaden."

So saßen die beiden Mädchen eine kleine Weile einträchtig nebeneinander am Rande des Blütenmeeres und naschten die süßen Beeren. Aurea vergaß darüber beinahe ihre verzwickte Lage und konnte den innigen fast friedlichen Moment mit ihrer Schwester genießen.

Als einige Insekten sich für ihre beerigen Finger zu interessieren begannen, brachen sie widerwillig auf. Sie liefen am Rande der Lichtung entlang, um kein weiteres Getier aus dem schulterhohen Blumenfeld aufzuscheuchen.

Der Wald wurde wieder etwas dichter und ließ kaum noch Sonnenstrahlen zu ihnen durch. Als Aurea zu ihrer Rechten eine Bewegung wahrnahm, blieb sie wie versteinert stehen. Proles befand sich etwa drei Schritte vor ihr und blickte ahnungslos in die entgegengesetzte Richtung. Der Schrei blieb Aurea im Hals stecken, als ihre Augen viel zu nah etwas großes Pelziges zwischen den Bäumen fixierten.

Dann erfüllte das aggressive Brüllen des Wesens den gesamten Wald und ließ sofort auch Proles entsetzt zusammenzucken. Einvernehmlich rannten die Schwestern durch die Bäume davon. Ihre Atemstöße kamen heftig wie bei einem gejagten Tier. Die großen Beutel schwangen auf ihren Rücken und machten sie unerträglich schwerfällig. Immer wieder mussten sie von den Ranken und Zweigen losgerissen werden.

Als sie viele grausame Minuten gerannt waren, blieb Proles plötzlich stehen. „Still, Schwester!", befahl sie nahezu atemlos. Auch Aurea keuchte. Sie hatte das Gefühl, ihre Lungen hätten keine Kapazität mehr, und ihr wurde schwarz vor Augen. Sprechen konnte sie gar nicht, da war die Sorge der Schwester überflüssig.

Proles lauschte jetzt angestrengt in die Richtung, aus der sie geflohen waren. Nur ihre eigenen heftigen Atemzüge waren zu vernehmen. Der Wald wirkte hier vollkommen still und noch dunkler. Selbst die Vögel schienen ihn zu meiden. Bewuchs zwischen den Bäumen war kaum vorhanden. Hier und da entdeckten sie niedere Pflanzen wie Flechten, Moose und auch seltsame Pilze, die ihnen unbekannt waren. Der pelzige Unhold war nirgends zu sehen oder zu hören. Er schien ihnen nicht gefolgt zu sein.

„Aurea, du musst die Konzentration auf das Ausatmen legen, dann bekommst du auch wieder genug Luft!" Proles fasste die benommen wirkende Schwester bei den Schultern und schüttelte sie ein wenig. Das blonde Haar hatte sich gelöst und hing unordentlich um ihre Schultern. Eine Strähne war sogar mit dem Band ihres Beutels verknotet, sodass es ihr nur unter einiger Mühe gelang, diesen von ihrer schmerzenden Schulter abzusetzen.

Sie sanken schließlich erschöpft ins feuchte Moos. Aurea klammerte sich an Proles und war vollkommen verstört. Die Schwester nahm sie sanft in ihre starken Arme und streichelte beschwichtigend ihren zuckenden Rücken. „Schwesterlein, nun beruhige dich doch! Es ist uns nichts geschehen. Wir leben beide noch." Sie versuchte ein Lächeln, sah aber dabei eher hilflos aus.

Die gegenseitige Berührung und die wohlige Wärme ihrer schwitzenden Körper brachte sie allmählich zur Ruhe. Keine von beiden wollte jedoch diese intensive Nähe beenden. So hockten sie dort aneinander geklammert bis lange in den Tag hinein, ohne sich merklich zu bewegen. Als sich der Durst und der Hunger unnachgiebig meldeten, machten sie sich gemeinsam über ihre Riegel her und tranken soviel von dem letzten Wasser, dass für den nächsten Morgen nur noch eine kleine Menge übrigblieb.

Der See

Die Nacht war am Vorabend so schwarz und überraschend schnell in den Wald gekrochen, wie die Mädchen es nie für möglich gehalten hätten. Auf ihren Beuteln hockend, aneinandergeschmiegt, von der Wärmedecke vollkommen eingehüllt, hatten sie unter dem aufgespannten schützenden Dach dem Morgen angstvoll entgegen gedöst.

Nun begrüßten endlich ein paar krächzende Vögel die ersten Sonnenstrahlen. Der dunkle Wald zeigte in Richtung Sonnenaufgang einen intensiven Purpurton. Die aufragenden Baumstämme zeichneten eine bedrohliche Armee von Schatten vor diesem feurigen Hintergrund.

„Proles, es sieht gespenstisch aus. Lass uns aufbrechen und einen freundlicheren Ort suchen!", bettelte Aurea und schälte sich vorsichtig aus der Wärme. Die Schwester grunzte nur zu Antwort und öffnete widerstrebend die Augen. Sie gab ein lächerliches Bild ab mit ihrem trüben nutzlosen Facettenauge auf der Stirn, dem zotteligen Haarschopf, in dem sich einige Blätter eingenistet hatten und den schmutzigen Fingern, die jetzt unwirsch an ihrem Ohr kratzten.

„Nur keine Panik, Schwesterlein, dies ist das Morgenrot und kein Anlass, sich Sorgen zu machen." Sie erhob sich aber und begann zügig alle Dinge wieder in die Beutel zu packen. Die Mädchen teilten das letzte Wasser schwesterlich, ebenso die Nahrungsportion für den Morgen. Einvernehmlich aßen sie im Gehen, um nicht länger beim Lagerplatz verweilen zu müssen.

Sie schlugen die Richtung ein, die sie weiter von dem gestrigen Erlebnis wegführen sollte, jedenfalls vermuteten sie das. Proles richtete sich bei der Orientierung nach der Sonne und den Hinweisen auf die Hauptwindrichtung an den Baumstämmen. Sofern sie nicht so dicht standen, dass sich dort keinerlei Moos gebildet hatte. Aber sie war genauso ahnungslos wie Aurea, wie weit und in welcher Richtung sie sich vom Grenzwall entfernt hatten.

Wie lange sie durch den Wald geirrt waren, konnte keine von den Schwestern mit Sicherheit sagen. Der Weg zwischen den dicht stehenden Nadelbäumen war mit dem Gepäck mühsam und ebenso langweilig wie ermüdend. Deshalb waren sie nahezu glücklich, als sich endlich eine Lichtung ankündigte. Proles rannte los, sobald die Zwischenräume es ermöglichten. Aurea folgte ihr etwas zögerlich, während sie die Gegend vorsichtig inspizierte, ob vielleicht etwas Gefährliches lauerte.

Als sie den Wald endlich hinter sich gelassen hatten, trauten sie ihren Augen kaum. Sie befanden sich an einem steil abfallenden Felsmassiv und tief unter ihnen erstreckte sich ein riesiges dunkelblaues Gewässer, dessen anderes Ufer sie nicht ausmachen konnten.

„Ist das etwa das Meer?", fragte Aurea staunend und trat einen Schritt von dem Steilhang zurück, weil es angesichts der Höhe unter ihren Füßen unangenehm zu kribbeln begann.

„Wird wahrscheinlich ein riesiger See sein. Aber ich habe keine Ahnung. Vor unserer Zeitrechnung gab es ja die große Katastrophe, bei der das meiste Land der Erde überflutet wurde. Und ich habe noch nie eine Karte der unzivilisierten Gebiete gesehen. Wäre also möglich, dass das Meer bis an dieses Felsmassiv heran gekrochen ist."

„Unsere Ahnfrauen haben sich früher die besten und am wenigsten verseuchten Gebiete ausgesucht, sie wieder urbar und bewohnbar gemacht. Der unübersichtliche Wald wird sie weniger interessiert haben. Und vielleicht konnten sie das Gelände um diesen großen See schlecht bewachen."

Aurea kramte in ihrem Gehirn nach allem, was sie jemals über die unbewohnten Gebiete gehört hatte. Aber das gestaltete sich viel schwieriger ohne die Unterstützung durch ihr MFA. Sie war so sehr gewöhnt, sich ständig mit der Bibliothek zu vernetzen, dass sie auf einmal große Mühe hatte, die einfachsten Zusammenhänge herzustellen.

„Ja, das ist möglich. Aber du musst bedenken, dass das alles sehr lange her ist. Sowohl die natürliche Vegetation in den unbewohnten Gebieten, als auch die Grenzen der zivilisierten Welt haben sich in den zweitausend Jahren einige Male verändert. Unsere Gesellschaft ist ständig gewachsen. Die Lebenserwartung ist auf 120 Jahre angestiegen und dadurch brauchten wir nach und nach immer mehr Lebensraum."

Die Mädchen saßen jetzt einträchtig nebeneinander auf dem sonnengewärmten Felsen und blickten auf das ruhige Wasser. Vögel in allen Größen und Farben kreisten über der spiegelnden Fläche. Eine bestimmte Art vollzog wahre Kunststücke in der klaren Luft und stieß dann plötzlich unter die Wasseroberfläche, um nach kurzer Dauer mit einem Fisch im Schnabel wieder hervor zu tauchen. Ihr Gefieder leuchtete in allen Regenbogenfarben und die breiten kräftigen Schnäbel wirkten wie mit dunkelroter Farbe besprüht.

„Es gibt Fische, Schwesterlein", rief Proles begeistert aus.

„Ja, das ist schön. Aber die Vögel werden uns wohl kaum welche abgeben. Und der See ist von hier aus nicht zu erreichen. Es sei denn, du hast vor, von diesem Felsen zu springen", wandte Aurea pragmatisch ein.

„Ich würde dann wohl kaum den Weg mit dem Fisch zurück zu dir schaffen. Ich kann ja leider nicht fliegen", grinste die Schwester sie breit an. „Aber ich denke, dass wir vielleicht eine besser zugängliche Uferstelle finden könnten."

Da die Sonne schon den höchsten Stand überschritten hatte, machten sie sich auf die Suche nach einer geeigneten Stelle, um dort ihren Lagerplatz aufzuschlagen. Der Weg führte sie durch schwieriges Gelände. Der Boden war felsig und nur von niederen Pflanzen überzogen. Hier und da hatte das Wasser Höhlen in allen Größen aus dem Fels gewaschen. Einige schienen weit in das

Massiv hineinzureichen. Proles warf hin und wieder einen vorsichtigen Blick in die dunklen Löcher.

„Es könnten Tiere darin hausen", flüsterte sie Aurea zu. „Wir müssen hier vorsichtig sein!"

Die Schwester war alles andere als begeistert von diesen Aussichten auf weitere unliebsame Begegnungen. So schlängelten sie sich wortkarg und durstig an den Felsen entlang, bis sich endlich eine Gelegenheit bot, ziemlich gefahrlos zum See hinunter zu klettern. Aurea war zum wiederholten Male dankbar, das feste Schuhwerk gewählt zu haben.

Das Ufer des Gewässers war mit kleinen Steinen übersät. Danach folgte ein schmaler Streifen von niedrigen grünen Pflanzen, der in einen felsigen Untergrund überging. Im Anschluss ragte das Felsmassiv wieder in schwindelnde Höhen. Sie konnten die darin befindlichen Höhlen vom Ufer aus sehen. Teilweise rasteten Vögel in der Steilwand und veranstalteten ein gewaltiges Gezeter, das bis zu ihnen hinunter schallte.

Die Umgebung wirkte freundlich und friedlich. Aurea bemerkte, dass ihre Anspannung sich allmählich verflüchtigte. Proles warf ihr Gepäck mit einem Seufzer der Erleichterung ins Gras und näherte sich mit großen Schritten dem Gewässerrand. Über die Schulter rief sie ihrer Schwester zu: „Bete, Schwesterlein, dass es nicht das Meer ist! Wir brauchen dringend frisches Trinkwasser."

Aurea beobachtete gespannt wie sie sich bückte und mit der hohlen Hand etwas Wasser schöpfte, um vorsichtig davon zu kosten. Als sie ein zum Ekel verzogenes Gesicht zeigte und sich schüttelte, begann die blonde Schwester plötzlich hemmungslos zu weinen.

Alle Anstrengungen und Aufregungen der letzten Tage drohten in wahren salzigen Fluten aus ihr hervorzubrechen. Warum hatte sie sich nur auf dieses hirnlose Abenteuer eingelassen? Würden sie jemals lebend zu ihren Müttern zurückkehren? Blind vor Tränen sah sie die Schwester nicht auf sich zueilen. Da traf sie eine Ladung kalten Wassers mitten ins Gesicht.

„Nun reg dich doch nicht gleich wieder so auf! Es ist nicht das Meer, Schwesterlein, alles wunderbar sauberes Süßwasser. Wir können trinken und auch baden, wenn du möchtest."

Während Aurea mit Mühe ihre Fassung wiedergewann, suchte Proles bereits nach den Wasserbehältern. „Wir werden die Filteranlage vorsichtshalber benutzen, obwohl ich das Wasser für sehr sauber halte. Hier gibt es keine Siedlungen, die Abwässer einleiten, und der See ist so riesig, dass die paar Tiere als Verschmutzer wohl nicht ins Gewicht fallen dürften."

Seltsame Erfahrungen

Nach einer verhältnismäßig friedlichen Nacht saßen die Mädchen am Morgen um ein kleines Feuer, das Proles mit trockenem Reisig in Gang gebracht hatte. Sie kochten Wasser ab und tranken es, so dass es ihnen das lange entbehrte wohlige Gefühl eines Warmgetränkes vermittelte. Die Riegel reichten gerade noch fürs Frühstück, dann würden sie etwas anderes Essbares finden müssen.

Proles hatte einige Utensilien in ihrem Gepäck, die zum Fischfang dienen sollten. Sie machte sich gleich nach dem gemeinsamen Frühstück daran zu schaffen. Heute ließen sie ihre kleine Schlafhütte stehen, denn sie waren überein gekommen, an diesem Ort eine Weile zu bleiben.

Aurea gefiel vor allem die Übersichtlichkeit des Terrains. Sie hoffte inständig, dass ihre Mütter mit einem Gleiter oder einem anderen Fluggerät nach ihnen suchen würden und sie aus der Luft erkennen könnten. Das Zeltdach leuchtete weiß in der Sonne zwischen all dem Grün und Blau, so dass es ein richtiger Blickfang von oben sein würde.

Ziemlich entspannt schlüpfte sie in ihre Badekleidung und näherte sich dem Wasser. Am Tag zuvor hatten sie soviel mit dem Wasserfiltern, dem Aufbau der Schlafstätte und dem Sammeln von Brennmaterial zu tun gehabt, dass das Baden warten musste. Nun hielt es Aurea nicht länger aus.

Da Proles mit den Vorbereitungen des Fischfangs beschäftigt war, konnte sie sich unbemerkt umkleiden. Am liebsten wäre sie völlig nackt ins Wasser gegangen und hätte sich mit ihrer weichen Bürste von Kopf bis Fuß abgeschrubbt, aber sie hatte Bedenken, wie ihre Schwester darauf reagieren könnte.

Mit einem Fuß prüfte sie die Wassertemperatur. Es war nicht warm aber erträglich. Die Sonne stand auch schon grell leuchtend am wolkenlosen Himmel. Nur einige Vögel durchkreuzten ihre intensiven Strahlen. Das Wasser war kristallklar und tief, wie Aurea feststellte. Es schien aber ein ziemlich ruhiger See ohne große Strömungen oder Wellen zu sein. Mutig ließ sie sich hinein gleiten und machte ein paar kräftige Schwimmzüge. Das nasse Element umfing sie mit einer so

atemberaubenden Frische, dass es ihr einen Ju-
belschrei entlockte. Der fröhliche Ruf hallte von
den Felsen wider auf den See zurück.

Dann ertönte Proles frohes Lachen. Sie hatte sich
von ihrer Arbeit aufgerichtet und beobachtete
die Schwester beim Platschen. „Vertreib uns
nicht die Fische, Schwesterlein", rief sie ihr fröhlich zu. Sie raffte die Schnur mit den Haken und
das Netz zusammen und ging ein Stück am Ufer
entlang, um eine etwas ruhigere Stelle zu finden.
Zu Aurea gewandt rief sie: „Ich suche mir einen
anderen Platz, sonst werden wir keinen einzigen
Fisch fangen."

Aurea bewunderte, mit welcher Selbstverständ-
lichkeit die Schwester diese Probleme anging. Sie
fragte sich, ob sie eventuell schon länger eine
solche Flucht geplant hatte, vielleicht schon bevor sie sich kannten? Jetzt schaute sie ihr nach,
bis sie zu einem kleinen Mädchen in der Ferne
geschrumpft war.

Dann sprang sie eilig aus dem Wasser, legte die
Kleidung ab und säuberte sich gründlich mit der
Bürste. Auch ihre Zähne putzte sie in einer lan-
gen sehr ungewohnten Aktion. Wann hatte sie
jemals ihre Körperpflege ohne die Hilfe ihres
Robos bewältigt? Aber als sie endlich sauber und

trocken am Ufer stand, in frische Kleidung gehüllt, war sie sehr stolz und sogar ein bisschen glücklich. Sie wusch ihre gebrauchten Kleidungstücke im kalten Wasser und versuchte den hartnäckigen Schmutz weitgehend herauszurubbeln. Dann breitete sie alles auf den Steinen zum Trocknen aus.

Weil Proles noch immer nicht zurückgekehrt war, vertrieb sie sich die Langeweile indem sie sich die Pflanzen in der näheren Umgebung ansah. Vielleicht waren essbare Beeren und Kräuter zu finden.

Sehr sorgsam setzte sie ihre Schritte, um nichts, was dienlich wäre, zu zertreten. Jetzt wäre ihr wiederum das MFA nützlich gewesen, um einige Informationen abzurufen, so kramte sie mühsam in ihrem Gehirn nach den vielen abgespeicherten Lerninhalten der Naturkunde. Sie hatte die Themen geliebt, doch was war ihr davon noch gegenwärtig? Konnte es vielleicht möglich sein, dass sich die unbewohnte Welt und ihre Natur von dem unterschied, was sie in der Schule gelernt hatten?

Den Kopf voller Fragen unterzog sie die Pflanzen einer überaus kritischen Betrachtung. Nach einer längeren Zeit hatte sie drei verschiedene Kräuter gefunden, die sie eindeutig zuordnen konnte und die genießbar waren. Aus zweien konnten sie Tee herstellen und das andere war eine sehr herzhafte Gewürzpflanze, die vielleicht mit dem Fisch harmonieren konnte, falls Proles Erfolg haben sollte.

Sie stieg den Fels vorsichtig hinauf, um abgestorbenes Holz fürs Feuer zu sammeln. Als sie nach einer Weile wieder am Lagerplatz erschien, stand Proles dort und hielt ihr triumphierend einen Fisch und einen großen schwarzgelben Krebs entgegen.

„Nun schau, wie fleißig deine Schwester war! Lass uns schnell ein Feuer machen. Ich hab einen furchtbaren Hunger!" Sie schmiss die Beute auf den Boden, nahm Aurea das Brennholz aus den Armen und machte sich gleich ans Werk.

„Wie wird das denn zubereitet, Proles? Ich hab noch nie einen ganzen Fisch auf unserem Tisch gesehen. Und das andere Ungetüm?"

„Ich sehe mir das gleich mal an. Wir könnten sie wohl aufspießen und in die Glut halten." Sie machte sich, als das Feuer ihre Aufmerksamkeit nicht mehr brauchte, daran die Meeresfrüchte mit ihrem großen Messer zu malträtieren. Bei dem Krebs kam sie nicht weit. Der Panzer war zu fest. Also warf sie ihn kurzerhand ins Feuer. Den Fisch schnitt sie auf, so dass die Innereien blutig herausquollen. Aurea wandte sich entsetzt ab. „Was machst du da, Schwester?" „Das muss so!" Proles ließ sich nicht beirren. „Ich habe das in einer Animation gesehen. Wir spießen ihn auf einen Stock."

Der Fisch auf dem Stock wurde so schnell gar, dass er ihnen beinahe in die Glut fiel. Aurea verfeinerte ihn mit dem Gewürz, was sie gefunden hatte. Und die Mädchen waren beide recht begeistert, als sie vorsichtig davon kosteten. Erst jetzt bemerkte Aurea, wie hungrig sie war. Den Krebs angelten sie nach einer Weile mit einem Stock aus der Glut. Proles schlug den Panzer mit einem Stein in Stücke. Dann suchte sie nach essbaren Teilen.

„Probier mal, Schwesterlein!" Sie hielt ihr ein kleines Stück Krebsfleisch hin, das sie auf ihr großes Messer gespießt hatte. „Es schmeckt gar nicht mal schlecht. Aber ich glaube es fehlt Salz", lachte sie.

„Ja, Salz, daran hatte ich noch gar nicht gedacht", meinte Aurea mit langen Zähnen kauend. „Das ist doch eigentlich das wichtigste Gewürz beim Essen."

Als das Festmahl verspeist war, und sie auch noch von dem sehr aromatischen Kräutertee getrunken hatten, lehnten sie sich zufrieden gegen die warmen Felsen und verfolgten, wie die Sonne langsam über dem See unterging. Die Vögel verhielten sich ruhiger, je näher der Abend rückte. Ganz allmählich wurden die Farben wärmer. Schließlich brannte der See mit dem Horizont um die Wette.

Aurea kuschelte sich an Proles, weil die Luft langsam kälter wurde. Nur der Fels strahlte noch die letzte Wärme des sterbenden Sonnentages ab. Dann tauchte der Sonnenball vollends ins Wasser, und es befand sich nur noch ein dünner Streifen goldenen Lichtes am Rande ihres Blickfeldes.

Proles umarmte Aurea fest und küsste sie dann innig auf den Mund. „Gleich ist es dunkel, mein Schwesterherz. Siehst du dort die ersten fernen Sonnen blinken? Lass uns unter die Decke schlüpfen, sonst finden wir sie nachher nicht mehr. Wir dürfen von dem künstlichen Licht nicht so viel verbrauchen. Es lässt sich nicht aufladen. Die Anlage für Energie-Kristalle konnte ich unmöglich mitnehmen, das wäre alles viel zu schwer gewesen."

Aurea hörte gar nicht hin. Sie bebte am ganzen Körper. Ihr erster Kuss - und das nach diesem romantischen Sonnenuntergang unter dem samtigen Himmel, an dem die unendlich weit entfernten fremden Sonnen wie Edelsteine funkelten!

Sie folgte der Schwester wie in Trance zu ihrer gemeinsamen Lagerstätte. Bald lagen sie eng aneinander geschmiegt unter der Wärmedecke. Ihr Herz pochte so heftig, dass sie der festen Überzeugung war, Proles könne es spüren. Völlig entspannt und unbefangen legte die ihren Arm um sie. Ihr warmer Duft war unwiderstehlich. Aurea näherte sich den Lippen der Schwester, um sie nun ihrerseits zu küssen.

„Du bist süß und schmeckst nach Fisch", flüsterte Proles ihr ins Ohr. Dann knabberte sie zart an ihrem Ohrläppchen und wanderte mit der Zungenspitze ihren Hals entlang bis zu der kleinen Kuhle an ihrem Schlüsselbein. Dort hielt sie kurz inne und kitzelte sie schließlich mit einem flotten Zungenschlag, bis Aurea laut kicherte.

„Proles, ich bekomme gleich keine Luft mehr", protestierte sie schwach, rückte aber keinen Zentimeter von der Schwester ab. Stattdessen schlang sie ein Bein um ihre Hüfte und machte damit die körperliche Nähe noch intensiver.

So eng umschlungen liebkosten sie ihre Körper und küssten sich an vielen erreichbaren Stellen. Aureas Leib schien zu brennen vor unstillbarem Verlangen nach immer intimeren Berührungen. Proles gefiel es, ihr ungeahnte körperliche Lust zu bereiten.

Die schöne Blonde war schließlich vollkommen nackt in den Armen der Schwester und fühlte deren streichelnde Hand zwischen ihren gespreizten Schenkeln. Eine unbekannte Anspannung bemächtigte sich ihrer, verknüpft mit dem Wunsch, dass diese zärtlichen Berührungen niemals aufhören möchten. Plötzlich bäumte sich ihr Unterleib ungeahnten Wellen der Ekstase entgegen. Sie schrie vor Lust und Überraschung.

„Was ist passiert, Schwesterlein? Hab ich dir wehgetan?", fragte die andere mit sanftem Erstaunen.

Aurea schmiegte sich wieder an sie, so dass ihre harten kleinen Brüste zwischen ihnen ruhten. „Nein, es war so schön und so seltsam kitzelig!" Sie gab der Schwester einen kleinen Kuss und bat: „Lass uns jetzt bitte schlafen. Ich werde sonst noch ganz verrückt und weiß nicht mehr wo oben und unten ist."

Proles lachte amüsiert auf, dann rutschte sie ganz nah an die Schwester heran, vergrub das Gesicht in deren gelöstem Haar und zog die Wärmedecke um sie beide zurecht, damit sie es in der Kühle der Nacht mollig warm hätten.

Verschiedenartige Genüsse

In der Morgendämmerung wurde Aurea davon geweckt, dass Proles vorsichtig aus der gemeinsamen Decke kroch.

„Pst!", machte die Schwester und umfasste im selben Moment das große Messer, das ständig neben ihnen lag. Dann schlich sie so leise und behände davon, dass Aurea ihr, trotz ihres ersten Erschreckens, voll Bewunderung mit den Blicken folgte. Es war ohne ihr Facettenauge nicht einfach in dieser Stunde der seltsamen Schatten zu unterscheiden, was sie anvisierte.

Proles näherte sich eindeutig dem Platz, an dem sie am Vortag das Feuer entfacht hatten. Ein ununterbrochenes Rascheln war von dort zu hören, das nicht von den Füßen der Schwester stammen konnte. Aurea hielt angstvoll den Atem an.

Plötzlich stieß Proles einen wilden Schrei aus und warf sich neben der Feuerstelle nieder. Die Schwester zog panisch die Wärmedecke über den Kopf, als könne sie dadurch einer drohenden Gefahr entrinnen.

Die Stille der folgenden Minuten erfüllte sie jedoch mit soviel Schrecken, dass sie schließlich lieber einen Blick riskierte.

Proles stand jetzt triumphierend mit dem Rücken zum See. Die ersten Strahlen der Sonne krochen über die Felsen direkt auf ihr lächelndes Gesicht. In der rechten Hand hielt sie etwas Graues mit einem langen Schwanz. Es wirkte aus der Entfernung leblos. Jedenfalls zappelte es nicht.

„Hier, Schwesterlein, ich hab fette Beute gemacht! Das Biest wollte doch tatsächlich von unseren Fischresten naschen ..."

Aurea erhob sich und bemerkte, dass sie nackt war. Eiligst suchte sie ihre Sachen zusammen und zog sie schamvoll über.

„Was hast du da, bei unserer heiligen Urmutter?", rief sie während sie zur Feuerstelle rannte.

„Ich glaube, das wird unser Frühstück", erhielt sie zur Antwort. „Wir brauchen Energie!"

Und schon machte Proles sich daran, das Tier von Innereien und Fell zu befreien. Es war eine noch blutigere Angelegenheit, als das Schlachten des Fisches, deshalb beschäftigte sich Aurea lieber damit, das Feuer in Gang zu bringen.

Mit dem Anzünder, den die Schwester, neben vielen anderen nützlichen Kleinigkeiten, mitgebracht hatte, ging das verhältnismäßig einfach. Als der Braten fertig vorbereitet war, spießte Proles ihn auf und drehte ihn langsam an einem Stock über der Glut.

Das Fleisch war zart, aber kein besonderes Geschmackserlebnis, selbst verfeinert mit dem Würzkraut und mit Tee herunter gespült, musste Aurea sich vor Ekel schütteln. Der Hunger rumorte jedoch so mächtig in der Magengrube, dass ihnen kaum eine Wahl blieb.

„Wir könnten heute nach Beeren oder anderen Früchten suchen. Ich habe auf dem Weg am See entlang einige vielversprechende Stellen gesehen. Der Fisch hat mir auch besser geschmeckt, als dies Biest", lachte Proles. „Vor allem ganz ohne Salz!"

„Ja, wir gehen gleich los. Vielleicht haben wir Glück", stimmte die Schwester zu und suchte sofort einen kleinen Beutel, in dem sie die Früchte tragen wollte.

„Diese Brocken könnten vielleicht ein paar leckere Fische anlocken!" Proles packte die Reste ihrer Mahlzeit sorgfältig ein, um sie später beim Angeln als Köder einzusetzen.

Bis in den Nachmittag hinein streunten die beiden Mädchen durch die Gegend, um nach Essbarem zu suchen. Eine Handvoll reifer Beeren und zwei kleine Fische waren aber leider die einzige Ausbeute.

Sie hatten jedoch eine Stelle mit Dornengestrüpp entdeckt, an dem eine Menge noch unreifer Früchte hingen. Die wollten sie sich für später merken. Ebenso gab es einen großen wilden Kirschbaum, der vielleicht in einigen Tagen, für vitaminreichen Nachschub sorgen könnte. Aurea bedauerte, dass sie sich nicht noch besser in der heimischen Flora und Fauna auskannte. Hätte sie nur in der Schule geahnt, wie wichtig dieses Wissen ihr einmal werden könnte!

Sie fanden den Lageplatz vor, wie sie ihn verlassen hatten. Proles suchte vorsichtshalber nach verdächtigen Tierspuren, wurde aber nicht fündig. So blieb ihnen nur die übliche Prozedur der Essenszubereitung, die aber inzwischen schon recht gut von der Hand ging. Leider hatten die kleinen Fische eine Unmenge winziger Gräten, die ihnen die Nahrungsaufnahme ziemlich verleidete.

Nach dem zeitaufwendigen Essen kamen sie überein, noch etwas im See zu schwimmen, bevor die Sonne endgültig an Kraft verlöre. Sie wählten beide die gewohnte Badekleidung, jedoch trug Proles jetzt nicht den übertriebenen Unterleibsschutz.

Aurea betrachtete den Körper der Schwester genauer und erkannte, dass sie zwar noch keinerlei Wölbung auf dem breiten Brustkorb zeigte, sich ihr Schambein aber überdurchschnittlich ausgeprägt unter der anschmiegsamen Kleidung hervorhob. Ihre Neugierde auf den Körper der anderen war geweckt.

Sie nahm sich vor, bei nächster Gelegenheit nach der erregenden Scham ihrer Schwester zu tasten, um auch ihr Lust zu verschaffen.

Proles ließ ihr nicht viel Zeit, ihren wollüstigen Gedanken nachzuhängen. Sie tauchte sie kurzerhand unter und spritzte mit Wasser, als sie prustend wieder an die Wasseroberfläche kam.

So spielten sie eine Weile, wie unschuldige kleine Mädchen im klaren See. Dann trieben sie nebeneinander auf ihren Rücken ganz entspannt auf der Wasseroberfläche und betrachteten die kreisenden Vögel am Himmel.

„Vielleicht sollte ich mir Pfeil und Bogen machen", dachte Proles laut nach. „Ich habe mal

Bogenschießen als Sport betrieben. Da war ich gar nicht so schlecht. Nur die Pfeile müssen stark und spitz sein, wenn ich ein Tier damit zur Strecke bringen will."

„Willst du etwa auf die Vögel schießen?" Aurea wirkte empört.

„Ja, hast du ne bessere Idee? Wir müssen schließlich essen. Wir könnten auch Fallen bauen für diese kleinen Pelzbiester."

Die Schwester schwamm schon zum Ufer zurück und hörte ihr nicht mehr zu. Proles folgte ihr mit langsamen kräftigen Schwimmzügen in einiger Entfernung. Als sie ans Ufer kam, trocknete Aurea sich gerade ab. Sie ließ sich auf die warmen Steine sinken und schaute der Schwester zu, wie sie in ihre frischen Sachen schlüpfte und ihr seidiges Haar mit einer Bürste in Form brachte.

Schließlich entfernte sie sich, um sich ihrerseits im Schutze der Schlafstätte umzuziehen. Lediglich mit einer leichten Hose bekleidet, tauchte sie dann wieder neben der Schwester auf. Ihr lockiges Haar stand wirr von ihrem Kopf ab, und es tropfte daraus hier und da auf ihren kräftigen nackten Oberkörper.

Aurea nahm ihr Handtuch und rubbelte der Schwester den Rücken trocken. „Wie du wieder rumläufst! Du bist noch ganz nass und gleich wird es kühl, wenn die Sonne untergeht."

Der Sonnenuntergang interessierte die Mädchen an diesem Abend jedoch kaum. Sie krochen in beiderseitigem Einvernehmen gleich in ihr Schlaflager, um sich aneinander zu kuscheln.

Während Aurea schnell und voller Erwartung wieder aus ihrer Kleidung schlüpfte, behielt Proles standhaft ihre Hose an. So musste sich Aurea bei den Liebkosungen auf ihren festen nackten Oberkörper mit den harten kleinen Brustwarzen beschränken.

Sie ließ jedoch hin und wieder die Hand nach unten gleiten, um das überproportionale kräftige Schambein durch den Stoff der Hose sanft zu streicheln. Proles stöhnte dabei vor purer Lust und küsste sie dann besonders intensiv und wild. Sie saugte an ihren nackten runden Brüsten und leckte sich an sämtlichen Bereichen ihres Körpers entlang.

„Wie gut du schmeckst", raunte sie dabei immer wieder.

Und Aurea genoss alle Berührungen der Schwester in atemloser Begierde, ohne an ein Morgen zu denken.

Mütterleid

„Roxi, es ist jetzt immerhin der sechste Tag, seit dem Verschwinden der beiden Mädchen. Da wird unsereins doch langsam in Panik geraten dürfen!", zeterte Anima und zerknüllte wieder haufenweise Pflegetücher. Ein Robo wuselte möglichst unauffällig um die beiden Frauen herum und sorgte dafür, dass die Tücher nicht ausgingen und nach Gebrauch sofort entsorgt wurden.

„Du weißt, dass uns von höchster Stelle geraten wurde, absolute Ruhe und Stillschweigen über diese Sache zu bewahren. Wir gelten als angesehene Wissenschaftlerinnen, die beide mit außergewöhnlichen Projekten betraut sind. Da wird eine solche Angelegenheit ganz anders behandelt, als bei normalen Frauen. Deshalb wurden wir auch vorübergehend vom Dienst suspendiert. Du hast, genau wie ich, einen heiligen Eid geschworen, der Gesellschaft der Frauen Gehorsam zu zollen – notfalls bis in den Tod!"

Die dunkelhaarige Frau sah verhärmt aus. Ihre Stimme wirkte müde.

„Ja, wenn es denn nur um meine Person ginge, wäre ich auch bereit für die gute Sache zu sterben, aber es geht um unsere Töchter!" Wieder schluchzte Anima herzerweichend. Roxi nahm sie daraufhin tröstend in den Arm.

„Ich fühle genauso! Dadurch, dass wir zu Müttern geworden sind, haben wir uns eine Schwäche eingehandelt. Wir würden beide für unsere Töchter durch die Hölle gehen! Und plötzlich ist die ganze Gesellschaft und alles, woran wir immer geglaubt haben, Nebensache." Sie gab Anima einen zarten Kuss auf die gerötete Wange.

„Sie sind entweder fortgelaufen, weil wir beide uns gestritten hatten, oder sie wurden entführt. Und dann verstehe ich nicht, wieso noch keinerlei erpresserische Forderungen an uns gestellt wurden. Als die Wächterinnen uns vorhin informierten, dass sie den Gleiter nahe der Grenze zum Urwald gefunden hätten, habe ich wieder einen gewaltigen Schrecken bekommen. Ob sie wohl von den berüchtigten wilden Horden dorthin entführt wurden? Vielleicht leben sie schon nicht mehr?" Die Worte gingen in einem tiefen Seufzer unter.

„Ohne die Signale aus dem MFA wird sie niemand im Urwald so leicht entdecken können.

Aber ich denke, dass die Wächterinnen alles versuchen, um sie bald zu finden. Je länger es dauert, umso schwieriger wird es. Ich mache mir gewöhnlich nicht so viel Sorgen um meine Proles. Sie ist ein kräftiges mutiges Mädchen. Natürlich bekommt sie ohne das MFA ihre Medizin nicht mehr. Das könnte ein großes Problem werden. Ich kann das wirklich schlecht abschätzen. Am liebsten würde ich selbst nach den beiden suchen. Aber wir haben nun mal Hausarrest!"

Sie schüttelte traurig das lockige Haupt und steckte sich dann wieder einen kleinen süßen Keks in den Mund. Während Anima nicht aufhören konnte zu jammern, versuchte die Lebensgefährtin seit Tagen ihre Nerven mit Naschereien zu beruhigen.

Die Mütter hatten, nachdem sie die Abwesenheit der Töchter bemerkten, festgestellt, dass einige seltsame Sachen fehlten, aus denen sie sich keinen Reim machen konnten. Sogar ein blauer Kristall aus der Schaltzentrale eines Hausrobos war gleichzeitig mit den Mädchen verschwunden.

Nach dem strengen Verhör durch die Wächterinnen wurde ihnen dann allmählich klar, dass es da gewisse Zusammenhänge mit den nicht zu ortenden MFA ihrer Töchter gab.

Es wurden ihnen unterlassene Aufsichtspflicht
unterstellt und mangelnde erzieherische Kompetenz. Die Frauen hatten sich, neben ihren Sorgen
um die verschwundenen Mädchen, höchst unangenehmen Befragungen durch die Wächterinnen
unterziehen müssen. Ihr gemeinsames Heim
wurde von einem Spezialteam bis in den kleinsten Winkel inspiziert. Und nun standen sie mittels eines Überwachungssystems unter vollständigem Hausarrest.

Roxi vermisste die Arbeit mit den Homomaskulinen fast genauso, wie sie sich nach Proles sehnte. Und Anima war nicht mehr sie selbst. Die
überlegene stets souveräne Wissenschaftlerin,
die eigentlich auf jede Frage eine Antwort wusste, wirkte hilflos und verstört wie ein kleines
Mädchen.

Die Gefährtinnen litten an der unausgesprochenen Sorge, dass die Gesellschaft der Frauen diese
unangenehme Angelegenheit lieber ungeschehen machen würde, als sie bis ins Kleinste aufzuklären. Wenn sie die Mädchen wiederfänden –
ob tot oder lebendig – würden die Wächterinnen
einige unliebsame Fragen beantworten müssen.

Wie sicher war der Wall zum Urwald eigentlich tatsächlich? Wer oder was lebte dort jenseits des Grenzwalls wirklich, und welche Gefahr ging für die Frauen davon aus? Warum konnten die MFA so einfach ihre Funktion verlieren?

Und es würde den vielen gebildeten Frauen ihrer Gesellschaft nicht an Kreativität mangeln, nach weiteren Informationen zu bohren, die bisher von höchster Stelle offensichtlich lieber geheim gehalten wurden.

Roxi wusste, dass gerade sie als Geheimnisträgerin einen schweren Stand in der Gemeinschaft haben würde, wenn von dieser Angelegenheit etwas an die Öffentlichkeit drang. Und sie hatte auch ihr eigenes kleines gefährliches Geheimnis, das nie so nah an einer Aufdeckung war, wie in diesen schweren Tagen.

„Ist Proles Krankheit denn lebensgefährlich, wenn sie keine Medizin nimmt?", fragte Anima jetzt mitfühlend, denn sie selbst war ja auch immer wieder auf Medikamente angewiesen.

„Sie wird nicht sterben, aber ihre Persönlichkeit kann sich sehr stark verändern. Vielleicht verändert sich sogar ihr Körper – nicht auszudenken …" Sie schlug die Hände vors Gesicht und atmete hektisch.

214

„Ich verstehe das nicht. Bisher hab ich nie von einer solchen Krankheit gehört. Ist das denn eine Spätfolge der nuklearen Verseuchung? Ich dachte, dass diese Fehlentwicklungen nun weitgehend ausgemerzt seien. Die Medizinische Forschung wird doch ständig vorangetrieben. Ich erinnere nur daran, dass wir Erbkrankheiten im letzten Jahrhundert durch die Auslese des Erbguts vor der Befruchtung fast völlig eliminiert haben."

Sie schüttelte verständnislos das seidige Haar, das sie ihrer Tochter vererbt hatte, nur der Goldton war bei ihr dunkler. Außerdem trug sie ihr Haar kürzer und selten offen.

„Ja, du siehst das ganz richtig. Es ist eine sehr seltene Störung. Deshalb weiß ich auch nichts über die Folgen der fehlenden Medikamentation. Wenn es sich nicht so lieblos anhörte, würde ich sagen, Proles ist eines meiner wissenschaftlichen Projekte. Aber sie ist natürlich zur Hälfte meine leibliche Tochter. Genau wie Aurea deine geliebte Tochter ist." Roxi stammelte die Sätze in einer erregten Art und Weise, so dass Anima sie plötzlich aufmerksam aus ihren rotgeweinten Augen betrachtete.

„Was genau ist diese Sache mit Proles? Ich verstehe kein einziges Wort. Wenn es da ein Problem gibt, warum hast du mir das bisher verschwiegen? Wir sind Partnerinnen und haben beschlossen unsere Töchter gemeinsam großzuziehen. Da darf es doch keine dunklen Geheimnisse zwischen uns geben." Anima nahm das Gesicht ihrer Lebensgefährtin in beide Hände und blickte ihr forschend direkt in die Augen.

Roxi versuchte dem durchdringenden Blick auszuweichen. Ihr Facettenauge blinkte emotional. Sie entzog sich Animas Berührung und ging zu einem der bequemen Relaxsessel, um sich darauf auszustrecken. Ihr fehlten die Worte.

Wie sollte sie der Partnerin etwas erklären, was niemand in der gesamten Frauengesellschaft verstehen würde? Es gab nur eine Mitwisserin, die ihr Geheimnis aus genau dem wissenschaftlichen Eifer bewahrte, der sie selbst zu der verbotenen Handlung getrieben hatte. Diese Frau war ihre Ärztin, eine gute Freundin seit frühester Jugend und ihre intimste Vertraute.

Manchmal hatten beide erwogen, ein Paar zu werden. Aber das drückende Geheimnis stand immer wie eine Barriere zwischen ihren zärtlichen Gefühlen füreinander. So war über die Jahre seit Proles Geburt eine tiefe platonische Freundschaft daraus entstanden. Vielleicht würde Anima eifersüchtig auf Pokratia sein, wenn sie von ihr erfuhr?

„Was ist los mit dir? Willst du dich jetzt wieder tagelang in Schweigen hüllen? Wenn wir beide nicht zusammenhalten, sehen wir die Mädchen niemals wieder!" Anima setzte sich ihr gegenüber in einen der bequemen Sessel, aber ihre Haltung war angespannt und aufrecht.

Sie wirkte jetzt kämpferisch statt weinerlich.

Roxi gab den Befehl für den Start einer fürchterlich lauten Animation, die im selben Augenblick durch den Raum flimmerte.

Als Anima Protest einlegen wollte, erhob sich die Geliebte, setzte sich neben sie, näherte sich ihrem Ohr und flüsterte: „Anima, ich liebe dich wirklich. Doch ich denke, wir sollten das nicht hier besprechen. Ich bin mir nicht sicher, wie weit die Überwachung geht. Vielleicht hören die Wächterinnen unsere Gespräche mit. Wir vereinbaren einen Termin in der Praxis meiner Ärztin. Sie ist eine gute Freundin und dort können wir ungestört reden. Lass uns jetzt schlafen. Morgen sehen wir dann weiter. Sie können uns nicht verwehren eine Ärztin aufzusuchen. Wir haben ja schließlich auch Rechte!"

Geheimnisse

Doktorin Pokratia war eine sehr zierliche kleine dunkelhäutige Person. Sie wirkte etwas mädchenhaft. Ihr langes schwarzes Haar reichte in einem schweren geflochtenen Zopf, mit ein paar bunten Bändern durchwoben, ihren gesamten Rücken hinab.

„Na, Ihr beiden Hübschen, da seid Ihr ja endlich. Ich warte schon seit Stunden", begrüßte sie die beiden Gefährtinnen souverän aber herzlich. Die Stimme hatte einen tiefen Samtton und wollte so gar nicht zu der äußeren Erscheinung passen.

Roxi drückte die befreundete Ärztin stürmisch an ihr Herz und stellte ihr dann die reserviert wirkende Anima als ihre Gefährtin vor. Die Wächterin, die sie zum Klinikum begleitet hatte, bezog während dessen vor der Tür Stellung, damit sich die beiden unter Hausarrest stehenden Frauen nicht unerlaubt entfernen könnten.

„Mögt Ihr ein warmes oder lieber ein kaltes Getränk?", fragte die Ärztin geschäftig. Ein Robo eilte herbei, der die Bestellungen prompt ausführte, während die Frauen an einem kleinen runden Tisch auf schlichten aber anatomisch gut angepassten Sitzgelegenheiten Platz nahmen.

Schweigsam nippten sie eine Weile an ihren Getränken, bis die Stille in alle Winkel des Besprechungszimmers zu kriechen schien, um den Raum in eine emotionale Kälte zu tauchen.

„Pok, du weißt, warum wir hier sind", begann Roxi nach einem kurzen Räuspern.

„Ja, ich wusste immer, dass diese Angelegenheit uns einmal in Schwierigkeiten bringen würde. Nur dachte ich, dass wir noch ein wenig Zeit hätten, um uns irgendeine Lösung zu überlegen." Die Ärztin schaute betrübt auf ihre makellosen schmalen Hände, als ob dort ein Ausweg zu finden wäre.

„Wie wäre es, wenn hier jetzt irgendjemand mal zur Sache käme? Ich denke, die geben uns nicht ewig Zeit", platzte Anima nicht ohne einen vorwurfsvollen Unterton heraus.

„Also, wenn Anima bisher keine Ahnung hat, müssen wir ganz von vorn anfangen, damit sie es richtig versteht." Die Ärztin setzte sich etwas aufrechter hin und machte einen ernsten Eindruck, der ihrer mädchenhaften Erscheinung vollkommen zuwider lief.

Anima war die verwirrte Ungeduld anzumerken. Deshalb begann Roxi sogleich mit den notwendigen Erläuterungen.

„Als ich die Arbeit im Institut antrat, waren Pok und ich bereits seit Jahren befreundet. Sie war außerdem immer die Ärztin meines Vertrauens. Deshalb war sie es, die diese Geschichte von Anfang an mit ihren Einwänden sowie der Unterstützung, die ich dabei benötigte, begleitete. Sie hatte aber mit meiner Entscheidung, was Proles betrifft, nichts zu tun. Die musste ich als Mutter völlig allein treffen. Und so übernehme ich auch die uneingeschränkte Verantwortung."

Roxi nippte an ihrem Getränk und wirkte so ernst, wie Anima sie vor dem Verschwinden der Mädchen noch nie erlebt hatte. Deshalb nahm sie, in banger Erwartung eines neuen großen Problems, auch nur stumm einen Schluck aus ihrem Becher und schaute sie fragend an.

„Die Arbeit mit den Homomaskulinen faszinierte mich nicht nur, sondern sie brachte mich schon bald zu einer Überzeugung, die ich mit den Frauen in unserer Gesellschaft nicht teilen konnte und deshalb nur unter absoluter Geheimhaltung mit meiner besten Freundin besprach." Sie nickte der Ärztin aufmunternd zu, und so sprach diese jetzt weiter. Die dunkle volle Stimme klang angenehm durch den Raum, auch wenn das was sie sagte, für Anima schmerzlich war.

„Wir waren sehr gute Freundinnen und hatten schon über eine gemeinsame Familie nachgedacht. Nur mein Erbgut fiel leider bei allen Überprüfungen durch. Es gab zu viele Risiken für mögliche Erbkrankheiten. Roxi hätte sich eine andere Spenderin auswählen müssen. Und davor schreckte sie lange zurück. Auch ich war immer der Meinung, dass dies keine für uns beide akzeptable Lösung gewesen wäre. Sicher ist es allgemein üblich, dass die alleinstehenden Frauen sich für die Mutterschaft eine anonyme Genspenderin aussuchen. Wahrscheinlich hast du es selbst so gemacht, Anima?" Sie warf kurz einen fragenden Blick in Richtung der Blonden, die daraufhin geistesabwesend nickte.

„Doch bei vorher bereits bestehenden Partnerschaften, ist das keine so befriedigende Lösung. Jedenfalls hatte diese Frage uns für einige Zeit ziemlich weit voneinander entfernt. Wir stürzten uns einfach jede in unsere Arbeiten im Institut beziehungsweise in der Klinik und sahen uns kaum noch. Schließlich tauchte Roxi eines Tages hier mit einem sehr seltsamen Vorschlag auf." Pok machte eine Pause und schaute ihre Freundin auffordernd an.

„Ja, am besten, ich erkläre jetzt erst mal, wie ich auf diese Idee gekommen bin. Die Homomaskulinen waren zu der Zeit, als ich mich mit Pok entzweit hatte, meine einzigen Bezugspersonen. Und - du merkst es an meiner Ausdrucksweise - ich konnte und wollte sie nicht als Tiere betrachten. Sie sind intelligent und haben in gewisser Weise Seele. Dass sie nicht sprechen können, ist meiner Meinung nach die Folge eines Zuchtfehlers, der sich wegen des beschränkten zur Verfügung stehenden Genpools immer weiter vererbte und damit zu einer festen Eigenschaft der gezüchteten Homos wurde. Also es liegt, wie wir gemeinhin sagen würden, an der Inzucht. Doch woher sollte ich neues Genmaterial bekommen, um den Beweis anzutreten?"

Anima unterbrach ihre Partnerin an dieser Stelle mit einer ungeduldigen Zwischenfrage: „Roxi, ist das denn wirklich notwendig, so weit auszuholen? Ich war eigentlich nicht darauf vorbereitet, mir einen stundenlangen Vortrag über deine Arbeit anzuhören ..."

„Ich verstehe, warum Roxi dir diese Erklärungen unbedingt geben muss. Du würdest sonst vielleicht alles falsch verstehen. Und ihr ist sehr an eurer Partnerschaft gelegen. Sie war lange nicht mehr so entspannt und glücklich, wie seit der Beziehung zu dir." Die sanften dunklen Augen der Ärztin suchten Animas Blickkontakt und ihr Facettenauge blinkte vor Emotionalität.

Als Anima ergeben nickte, fuhr ihre Lebensgefährtin fort: „Vor unserer Zeitrechnung gab es Gesellschaften, die aus Homomaskulinen und Frauen bestanden. Sicherlich kann immer als Bestätigung, dass diese Vermischung ein nicht wieder gut zu machender Fehler war, die daraus folgende nukleare Katastrophe angeführt werden. Sie hätte beinahe alles intelligente Leben auf unserem Planeten ausgelöscht. Wir Frauen waren für Jahrhunderte die Leidtragenden. Ich möchte das nicht beschönigen, sondern sehe die Gefahr, die von unkontrollierten Homomaskulinen ausgehen kann.

Aber wir können einem Wesen nicht die genetische Nähe zu uns Frauen einfach so absprechen und es immer weiter in einer Art und Weise züchten, die ihm eigentlich völlig fremd ist. Das halte ich für äußerst inhuman." Roxi verstieg sich in eine flammende Rede für ihre unbequeme Überzeugung, die fast an Staatsverrat grenzte.

„Liebes, lass mich jetzt mal weitererzählen! Du redest dich wieder in Rage. - Roxi kam also damals zu mir und schlug mir vor, sie als Ärztin bei einem Selbstversuch zu unterstützen. Sie wollte beweisen, dass mit dem Sperma eines Homomaskulinen bei einer modernen Frau eine Befruchtung durchgeführt werden konnte.

Ich war natürlich erst einmal schockiert. Doch dann überzeugte sie mich dadurch, dass, sollte daraus ein intelligentes sprachbegabtes frauengleiches Wesen entstehen, keiner die Homos weiterhin als bloße Tiere bezeichnen dürfte.

Wir wussten beide, dass es gefährlich war und dazu kriminell, aber unsere innere Überzeugung trieb uns dazu, die Sache durchzuziehen. In langen Nächten diskutierten wir die Vor- und Nachteile, vor allem, weil es sich um Roxis Tochter handeln würde. Sie konnte behindert werden oder sogar sterben. Die letzten Befruchtungen von Frauen mit dem Samen der Homomaskulinen lagen viele Jahrhunderte zurück. Damals konnte das genetische Material für die Zeugung noch nicht aus den Eizellen von anderen Frauen gewonnen werden, deshalb dienten einige Exemplare als Samenspender."

Die Ärztin nippte an ihrem Getränk, was Roxi zum Anlass nahm fortzufahren.

„Ich zapfte Zottelbär den Samen ab und Pok befruchtete in ihrer Praxis meine Eispende damit. Offiziell verwendete sie natürlich eine anonyme Genspende. So kommt es, dass alles bisher unentdeckt von den Behörden blieb. Sie ist auch Proles Ärztin und hat dafür gesorgt, dass ihr erhöhter Testosteron-Spiegel immer behandelt wurde, damit keine Merkmale des homomaskulinen Erzeugers durchdringen konnten. Vorsichtshalber besuchte sie keine öffentliche Schule, sondern erhielt Privatunterricht."

„Du weißt, dass du da ein Monster geschaffen hast!", schrie Anima empört und stürzte zur Tür.

Als sich diese unversehens öffnete, sah die Wächterin sie forschend an. „Ist hier alles in Ordnung? Sind die Untersuchungen abgeschlossen?"

Die beiden anderen Frauen erhoben sich mit betrübten Gesichtern. Anima trat zügig durch die Tür in den großen Empfangsraum der Klinik.

Roxi folgte, nachdem sie ihre alte Freundin zum Abschied umarmt hatte, der Wächterin zum Gleiter. Dieser stand bereit, um sie wieder in das häusliche Gefängnis zu bringen.

Unerwünschter Besuch

Während die Frauen sich grämten, verbrachten die beiden Töchter am See eine verhältnismäßig kurzweilige Zeit. Wenn die Tatsache nicht berücksichtigt wurde, dass sie letztendlich darauf angewiesen waren, von ihren Müttern oder den Wächterinnen gefunden zu werden, hätte es sich um eine Art Abenteuerurlaub handeln können.

Sie waren über den Tag mit der Suche nach Nahrung und Feuerholz vollauf beschäftigt. Sobald aber die Dunkelheit den See einhüllte, verwandelten sie sich zu stürmischen Geliebten, die die Welt um sich her vergaßen.

So sehr Aurea diese Tage der intensiven Gefühle und der ausgelebten Kreativität auch genoss, es gab auch Momente, in denen sie sich nach ihrem geordneten Zuhause und ihrer Mutter sehnte. Zwar waren ihnen glücklicherweise keine gefährlichen Bestien mehr begegnet, aber sie ahnte, dass es nur eine Frage der Zeit sein konnte, bis irgendetwas Schreckliches geschah.

Nicht nur einmal stellte sie sich die Frage, warum sie noch nicht entdeckt und nach Hause zurückgeholt wurden. Suchte überhaupt jemand nach ihnen?

Proles wollte sie mit diesen Zweifeln jedoch nicht belasten. Ihre wilde Schwester wirkte so glücklich, und war überaus geschickt bei all den ungewohnten Aktivitäten. Sie hatte sich tatsächlich mit Pfeil und Bogen ausgerüstet, und ihr Jagderfolg war beachtlich. Sie mussten keinen Hunger leiden. Wenn auch nicht alles, was sie zwischen die Zähne bekamen, ein Genuss war.

Die Essensreste warfen sie jetzt immer an einer bestimmten Stelle in den See. So lockten sie dort eine große Menge Fische an und vermieden es, dass Landtiere sich an ihrer Feuerstelle unkontrolliert herumtrieben. Die zarten Fische brieten sie inzwischen gekonnt auf einem großen flachen Stein inmitten der Glut des heruntergebrannten Feuers. Leider vermissten sie immer noch das Salz, obwohl Aurea verschiedene wohlschmeckende Kräuter gesammelt hatte. Es wuchsen auch einige würzige Pilze im Unterholz, die sie als essbar identifizieren konnte.

Auf ihren Streifzügen, am Seeufer entlang, war der Urwald den Mädchen von seiner milden und sonnigen Seite begegnet. Sie hatten Fische, Vögel, viele verschiedene Kleintiere und riesige Schwärme buntschillernder Insekten beobachtet. Einige davon waren auf ihrem Speisezettel gelandet, andere hatten sie meiden gelernt, weil sie bitter schmeckten, stanken oder sie zu stechen versuchten.

Aurea musste hin und wieder ihr Notfallset für kleinere Wunden und Insektenstiche hervorsuchen. Proles schien ihre gewohnten Medikamente nicht zu vermissen. Sie machte einen gesunden unbeschwerten Eindruck und war so quirlig, dass die Schwester oft nicht mithalten konnte. Leider klang ihre klare Stimme inzwischen etwas heiser, was Aurea auf das ständige laute Triumphgeschrei der Schwester, bei ihren Jagderfolgen zurückführte.

Als sie heute mit reicher Beute müde zum Lagerplatz zurückkehrten, fanden sie alles vollkommen verwüstet vor. Aurea ließ ihren Kräuterbeutel entsetzt fallen und stand völlig erstarrt da, während Proles sofort erregt nach ihrem verstreuten Hab und Gut suchte.

„Glücklicherweise ist fast nichts kaputt", rief sie erleichtert aus. „Da hat nur irgendein Biest seine Wut an unseren Sachen ausgelassen und alles nach Futter durchsucht. Ist möglich, dass es noch nach Fisch oder Fleisch riecht. Die haben offenbar viel feinere Nasen als wir."

Aurea deutete nun zitternd auf zwei riesige Tatzenabdrücke in der Asche der Feuerstelle. Ihr praktischer Bratstein war mehrere Meter weggeschleppt worden. „Das Tier muss riesig und gefährlich sein", flüsterte sie und sah sich ängstlich um.

„Ja, ich denke es war ein Bär." Proles kniete interessiert neben der Feuerstelle nieder und inspizierte die Spuren. „Nun werden wir hier vermutlich nicht mehr sicher sein."

Die blonde Schwester begann sofort bitterlich zu weinen. „Wie sollen sie uns jemals finden, wenn wir dauernd weiterziehen müssen?", schluchzte sie in ihre schmutzigen Hände.

„Ach weine doch nicht schon wieder, Schwesterlein! Wir packen jetzt alles zusammen und suchen uns einen anderen Platz für die Nacht. Es wird schon etwas Passables zu finden sein", versuchte Proles sie zu trösten, während sie bereits dabei war, alle Sachen wieder in die Tragebeutel zu packen. Die Mädchen schulterten anschließend das Gepäck und machten sich auf den Weg.

Proles schlug vor, dass sie sich die Felswand mit den Höhlen etwas näher betrachten sollten. „Wir haben dort in den vergangenen Tagen keine großen Tiere beobachten können. Mag sein, dass die Höhlen weitgehend unbewohnt sind. Sie könnten uns guten Schutz bieten. Erinnere dich an die Frühgeschichte der frauenähnlichen Wesen! Oder hast du das in deiner Eliteschule nicht durchgenommen?"

„Ja, Höhlen sollen die ersten Behausungen gewesen sein und das über viele Jahrtausende. Aber sie lebten damals in Rudeln, da konnte immer jemand Wache schieben. Wer soll uns vor wilden Bestien warnen? Und was sollten wir kleinen Mädchen gegen solche riesigen Bären ausrichten? Denkst du, dass du den mit deinen Pfeilen erlegen kannst? Und um ihn mit dem großen Messer zu erstechen, müsstest du auch erst mal ganz nah an ihn rankommen", zeterte Aurea und wischte sich die Tränen aus dem Gesicht.

Im Anschluss trug sie eine unbeabsichtigte Kriegsbemalung auf ihren Wangen, die Proles einen Moment mit unterdrücktem Schmunzeln betrachtete. Danach gab sie ihrer hübschen schmutzigen Schwester einen kleinen Kuss auf ihre Schniefnase und schritt einfach weiter in Richtung der aufragenden Felsen.

Sie kletterten erst an der gewohnten Stelle in die Höhe, weil es dort relativ unproblematisch war. Oft hatten sie das Feuerholz auf diesem Weg besorgt. Um zu den schlecht zugänglichen Höhlen zu gelangen, mussten sie jedoch an der steilen Felswand entlang über einen sehr schmalen Vorsprung klettern. Es gab so gut wie keine Möglichkeit sich richtig festzuhalten. Sie mussten sich vollkommen auf ihre Füße konzentrieren und dabei mit dem Gepäck das Gleichgewicht halten.

Aurea riskierte nur einen kleinen Blick in die schwindelnde Tiefe, um vor Schreck beinahe abzustürzen. Die Schwester herrschte sie aber so laut an, dass sie sogleich wieder brav nach oben schaute und gehorsam weiter kletterte. Ihr kam es so vor, als ob sie Stunden in der Steilwand verbracht hätten, als sie endlich eine Höhle erreichten. Ihre Hände waren aufgeschrammt und bluteten. Aureas Schulter schmerzte vom verkrampften Tragen des schweren Beutels. Erleichtert enterten sie den Höhleneingang.

„Nun, Schwesterlein, einen Vorteil hat die schwierige Kletterpartie", meinte Proles breit grinsend, während sie sich erschöpft auf den Höhlenboden sinken ließ. „Kein riesiger Bär wird diesen Aufstieg schaffen!"

„Ja, da magst du Recht haben. In den Felsen im Zoo leben eigentlich nur die roten Ziegen - oder Affen vielleicht", pflichtete ihr die atemlose Schwester leicht keuchend zu.

Weil die Sonne noch am Himmel stand und den Fels in ihr warmes goldenes Licht tauchte, wirkte die Höhle im Moment so freundlich und einladend, dass Aurea sich zunehmend beruhigte. Sie ließ ihre Schwester alles genau erforschen und machte sich derweil schon einmal an das Auspacken der wichtigsten Gegenstände, um das Schlaflager vorzubereiten. Der Boden war nicht feucht und, soweit die Sonne ihn gewärmt hatte, auch angenehm temperiert.

So breitete sie zunächst einige Sachen aus, die noch ein wenig trocknen sollten. Wo und wie genau sie die Schlafstätte anlegen würden, wollte sie mit Proles besprechen. Denn es gab ja hier keine Bäume, an denen sie irgendwas befestigen konnten. Andererseits bot ihnen die neue komfortable Unterkunft sogar ein Dach über dem Kopf.

„Es sieht recht manierlich aus", seufzte Proles zufrieden nach der Inspektion ihres neuen Unterschlupfs. „Ich hab nicht ein Tier entdeckt, noch nicht mal irgendwas kleines Pelziges oder ne Schlange. Alles sieht sauber aus, wie ausgefegt." Mit einem Blick auf die ausgebreiteten Sachen meinte sie dann: „Willst du hier gleich am Eingang schlafen? Ich glaube es ist sicherer, wenn wir heute Nacht hier vorn ein kleines Feuer brennen lassen und uns weiter in die Höhle zurückziehen. Dort gibt es eine gut geeignete Nische, die etwas vom Boden entfernt ist. Ich gehe gleich nochmal los und hole Feuerholz. Wir sollten auf jeden Fall auch etwas essen!"

Aurea war froh, dass sie ihre Schwester auf der Kletterpartie nicht nochmals begleiten musste. Proles nahm nur ein Seil und ihr Messer mit, als sie ohne viele Worte verschwand. Das andere Mädchen bereitete die Mahlzeit soweit vor, dass alles nur noch gebraten werden musste. Die zarten Beeren waren leider zerdrückt, aber das matschige Aussehen tat dem Geschmack keinen großen Abbruch.

Sie hatten sich beide inzwischen daran gewöhnt, an die Nahrung keine besonderen Anforderungen zu stellen. Hauptsache sie bekamen Kalorien und Vitamine. Zu Hause wurde ein großes Aufhebens von gesunder Ernährung gemacht. Die Robos beobachteten die Ernährungsgewohnheiten der Frauen und Mädchen genau und machten hin und wieder Änderungsvorschläge. Selbst in der Schule wurde alles über die Versorgung mit Eiweiß, Fett und Spurenelementen gelehrt. Die Grundbestandteile vieler Nahrungsmittel erhielt ihre Gesellschaft fast ausschließlich aus dem Meer. Durch eine raffinierte Veredelung wurden daraus sowohl schmackhafte als auch gesunde Lebensmittel hergestellt.

Hier trieb der Hunger sie jedoch zu vielen Kompromissen. Sie hoffte inständig, dass sie gesund bleiben würden, bis die Mütter sie endlich fänden.

Unwetter

Nach einer friedlichen Nacht, in der sie beide vor Erschöpfung tief und fest geschlafen hatten, erwachten die Mädchen mit dem gewohnten Krächzen der Vögel in der Morgendämmerung.

Ein großes schwarzgefiedertes Exemplar hackte in ihrer ausgebrannten Feuerstelle herum und sah sie aus stechend gelben Augen gierig an. Es schien keinerlei Furcht zu kennen. Erst als Proles laut schreiend mit der Wärmedecke wedelte, entschloss sich das Tier endlich, die mächtigen Schwingen auszubreiten und über den See davon zu fliegen.

„Meinst du, diese Riesenvögel könnten uns gefährlich werden?" Aurea zitterte vor Kälte und Furcht.

„Wir passen glaube ich nicht in deren Beuteschema. Aber könnte schon sein, dass sie es auf kleinere Säuger abgesehen haben. Und mit den riesigen Schnäbeln und scharfen Krallen möchte ich lieber keine Bekanntschaft machen!" Proles stocherte währenddessen vollkommen ruhig in

der Feuerstelle, um noch ein wenig Glut zu entdecken. Leider war alles niedergebrannt, obwohl
sie über Nacht einige dickere Knüppel hineinge-
legt hatten.

„Der Himmel leuchtet heute so bedrohlich",
meinte Aurea mit einem kritischen Blick hinunter
zum See. Dorthin warf die über den Felsen auf-
steigende Morgensonne gerade ihre ersten blut-
roten Strahlen.

„Ja, es gibt heute auch zahlreiche Wolken am
Himmel. Wahrscheinlich wird es kein so sonniger
Tag werden. Ich schlage vor, dass wir uns schnell
um Feuerholz, frisches Wasser und ein paar Fische kümmern, falls es später regnen sollte",
stürzte sich Proles gleich in die Arbeit. Sie stellte
im Handumdrehen die Ausrüstung für den Fischfang zusammen und packte zwei Faltbehälter für
Wasser ein.

Die Mädchen trennten sich auf dem Felsenweg.
Aurea wollte oben im Wald Feuerholz sammeln
und Proles die Fische und das Wasser aus dem
See holen. Es war nicht einfach für Aurea mit
dem Gewicht des Holzes am Felsen entlang wieder zur Höhle zu gelangen. Sie hatte sich ein zu-
sammengeschnürtes Bündel auf den Rücken ge-
bunden. An ihrem Gürtel trug sie noch einen

kleinen Beutel mit Pilzen, die sie nicht zerdrücken wollte. Aber sie bemerkte nicht ohne Stolz,
dass ihre Geschicklichkeit mit der ständigen
Übung wuchs.

Als sie endlich sicher bei der Höhle ankam,
schichtete sie das Feuerholz auf die alte Stelle
und breitete die Pilze vorsichtig daneben aus.
Proles begann wenig später mit dem Aufstieg,
nachdem sie zuvor einen durchdringenden Pfiff
zu ihr hinauf geschickt hatte. Als die Schwester
mit den Fischen eintraf, brannte das Feuer schon
zufriedenstellend.

Während die Mädchen sich ausgehungert über
ihr Essen hermachten, hörten sie ein gefährliches
Grollen, das von keinem Tier stammte.

„Wir bekommen ein Gewitter oder etwas ähnli-
ches", meinte Proles schmatzend. „Gut, dass wir
schon in der Höhle sind!"

„Wenn es regnet, wird das Feuer vielleicht ausgehen. Es liegt sehr weit am Eingang." Aurea
schaute bedrückt zum inzwischen fast schwarzen
Himmel hinauf. Auch der See hatte sein gewohn-
tes freundliches Gesicht verändert. Er war jetzt in
bleiernes Grau getaucht, und hohe Wellen mit
blitzenden Schaumkronen peitschten bis an den

Strand, dort, wo noch gestern ihr Feuer gebrannt hatte.

„Es kommt auf die Windrichtung an. Ich vermute wir haben Glück, wenn der Sturm nicht in die Höhle hineinschlägt." Proles leckte an ihrem Zeigefinger und reckte den Arm weit aus dem Höhleneingang hinaus.

„Was, bei der heiligen Urmutter, hast du jetzt wieder vor, Schwester? Willst du etwa abstürzen?", zeterte Aurea und packte die Wilde beim Gürtel.

„Ich teste doch nur die Windrichtung. Wenn der Wind nicht dreht, sollten wir hier recht geschützt sein", antwortete die Schwester und gab ihr einen fröhlichen Kuss. „Das könnte von hier oben ein interessantes Schauspiel werden, viel besser als jede Animation!"

Die nächsten Stunden verbrachten die Schwestern dann eng aneinandergeschmiegt neben der Feuerstelle und beobachteten, wie sich das grauenvolle Unwetter unter ihnen über dem See entlud. Die dicken Regentropfen prasselten in gewaltigen Sturzbächen am Höhleneingang vorbei. Und manchmal sahen sie den vom Sturm gepeitschten See nur noch durch einen Schleier. Mehrere kleine Pelztiere versuchten in ihrer

Höhle Zuflucht zu finden, flohen aber vor dem Feuer oder Aureas lautem Geschrei.

„Es ist ja irgendwie eindrucksvoll. Aber eine Animation wäre mir trotzdem lieber. Die kann ich abstellen, wenn ich genug davon habe." Die Blonde legte den Kopf auf die Schulter der Schwester und seufzte.

„Ja, und die Feuchtigkeit kriecht uns hier in die Klamotten. Hoffentlich wird es bald wieder warm, damit das alles richtig trocknet. Mit dem kleinen Feuer schaffen wir das nicht." Proles schien zum ersten Mal auch etwas genervt zu sein. Sie schüttelte ihren wirren Lockenkopf und brummte vor sich hin.

„Meinst du, dass die uns hier überhaupt entdecken? Ich denke, wir sollten versuchen den Grenzwall wiederzufinden. Da haben wir bestimmt bessere Chancen auf die Wächterinnen zu treffen." Aurea wagte es das Thema anzuschneiden. Sie musste dabei die Stimme erheben, denn der Wind war zum Orkan angeschwollen und wütete mit gewaltigem Lärm auf dem See und durch den Wald über ihnen. Sie hörten Äste splittern. Dann stürzte plötzlich ein ganzer Baum mit Wurzel von oben am Höhleneingang vorbei in die Tiefe.

„Wäre vielleicht eine Option", sinnierte Proles. „Ich bin mir nur über die Richtung nicht völlig im Klaren. Wir müssten uns auch Vorräte mitnehmen. Vor allem brauchen wir Wasser." Sie legte eine kleine Sprechpause ein, in der die Schwester ihr Gehirn beinahe arbeiten hörte. „Machen wir das mal vom Wetter abhängig. Denn solange es regnet und stürmt, sind wir hier eindeutig besser aufgehoben. Im Wald werden wir noch von den maroden Bäumen erschlagen."

„Ja, ich erinnere mich, dass bei dem großen Unwetter vor drei Jahren so viele Schäden entstanden, dass es uns allen verboten war, in die Parks zu gehen, bis die Robos alles wieder aufgeräumt hatten." Aurea zog ihre Füße fröstelnd an den Körper.

Das Unwetter wollte kein Ende nehmen. Und als die Sonne hinter dem See untergegangen war, erlebten sie die furchteinflößende Schwärze einer sternenlosen Nacht. Nur das kleine Feuer versuchte mit seinem ersterbenden Glimmen noch mutig dagegen an zu kämpfen.

Zitternd schmiegten sich die Schwestern unter der Wärmedecke aneinander und beobachteten noch eine Weile den kleinen glimmenden Hügel am Höhleneingang. Nach dem Austausch von

Intimitäten stand ihnen nicht der Sinn. Aurea war sowieso etwas pikiert, weil die Schwester offensichtlich nicht dazu bereit war, sich ihr nackt hinzugeben. So lagen sie ausnahmsweise schweigend nebeneinander. Die unausgesprochenen Fragen standen zwischen ihnen, wie eine abweisende Wand aus Eis. Erst sehr spät tauchten beide unausweichlich in das Land unruhiger Träume.

Aufbruch

Der nächste Morgen zeigte sich kühl und klar. Die Luft wirkte wie gereinigt, und der Himmel strahlte in einem freundlichen hellen Blau, was auch dem See wieder zu einem einladenden Aussehen verhalf.

Aurea war beinahe ein bisschen traurig, dass sie diesen Ort, wie sie es verabredet hatten, nun wieder verlassen wollten. Auf dem Strand lag sehr viel Bruchholz. Auch einige Fische und kleinere Landtiere waren dem Unwetter zum Opfer gefallen. Weil Proles vermutete, dass der Bär dadurch wieder angelockt werden könnte, drängte sie zum schnellen Aufbruch. Sie mussten nochmals zum See hinunter, um ihre Vorräte aufzufüllen. Danach machten sie sich zügig auf den Weg, den Grenzwall möglichst bald wiederzufinden.

Proles versuchte die Himmelsrichtung wie gewohnt zu bestimmen. Nur gab es eine Schwachstelle in ihren Berechnungen. Sie waren, als sie das Ungetüm im Wald hatten brüllen hören, sehr unkontrolliert fortgelaufen. Dadurch schien es fast ausgeschlossen, denselben Weg zurück zu finden. So kämpften sich die Schwestern blindlings durch den vom Sturm in Mitleidenschaft gezogenen Wald. Viele entwurzelte Bäume und abgebrochene Äste erschwerten ihnen das Fortkommen. Hin und wieder setzten sie sich müde auf einen umgestürzten Baumstamm und tranken etwas Wasser oder aßen von dem notdürftigen Proviant. Als sie sich einer helleren Stelle näherten, hob sich ihre Laune merklich.

Es handelte sich nicht um eine Lichtung im gewöhnlichen Sinne, sondern um ein mäandrierendes Bächlein, dessen Ufer mit Blumen, Gräsern und Kräutern üppig bewachsen war. Es schlängelte sich so weit das Auge reichte durch einen schmalen Wiesenstreifen dahin. Die Bäume blieben respektvoll im gebührenden Abstand zu dem munter plätschernden Wasserlauf.

Aurea schaute glücklich von dem Bach zum strahlenden Himmel, an dem ein paar Schäfchenwolken lustige Bilder malten, und wieder zurück zum silbrig glänzenden Wasser. „Oh, hier ist es schön! Wir könnten eine Weile rasten, uns erfrischen und das Wasser nachfüllen. Vielleicht finden wir sogar ein paar Beeren und Kräuter." Sie warf sofort den Beutel ins Gras und zog, ohne die Antwort der Schwester abzuwarten, die Schuhe aus.

Diese tat es ihr gleich. Es gab ein paar kleinere Fische im Bach, die sie sehr geschickt mit einem ihrer Pfeile einfach aufspießte. Aurea beobachtete sie, wie sie da mit hochgekrempelten Hosen barfuß im Wasser stand und fischte. Die dunklen Locken umspielten wirr das Gesicht der Geliebten. Sie fühlte ein brennendes Verlangen. Und ihr Herz verkrampfte sich angesichts des wundervollen Bildes. Langsam schlüpfte sie aus ihrer Kleidung, nahm ihre Pflegebürste und begann im Wasser mit der gründlichen Reinigung.

Proles ließ sich von der wunderschönen nackten Nymphe nicht merklich beeindrucken. Sie sammelte leise vor sich hin pfeifend trockenes Feuerholz und kümmerte sich darum, dass die Mahlzeit ordentlich zubereitet wurde. Nur ab und zu riskierte sie dabei einen kleinen lüsternen Blick auf die ihr zugewandte verlockende Rückenansicht, die bis zur Hüfte von dem Schleier des seidigen Haares verdeckt wurde.

Die Mädchen aßen einträchtig nebeneinander, suchten dann noch eine Weile gemeinsam nach Kräutern und fütterten sich gegenseitig ganz entspannt mit süßen Beeren. „Schwesterlein, wenn wir dem Gewässer folgen, gehen wir wahrscheinlich in die richtige Himmelsrichtung, und wir haben vorerst frisches Wasser und Nahrung", schlug Proles schließlich vor.

Die Sonne stand hoch am Himmel und Aurea war nichts lieber, als noch weiter in der Nähe des Flusslaufs zu bleiben und den dunklen Wald damit erst einmal zu umgehen.

Bis zum späten Nachmittag wanderten sie durch die üppige Flusslandschaft, die ihnen reichlich Anlass gab, die verschiedensten Pflanzen und Kleintiere zu bestaunen.

Wenn sie aus der Entfernung Tiere beobachteten, waren sie immer besonders vorsichtig und sehr leise. Proles sah überall potentielle Jagdbeute und Aurea fürchtete, dass ihnen etwas gefährlich werden könnte. Aber der gespannte, zum schnellen Schuss bereite, Bogen der Schwester, ließ sie nach und nach etwas gelassener reagieren.

So standen sie unvermittelt nach einer Biegung des Flüsschens einer Gruppe kleiner brauner Nager gegenüber, die mit einer ungeheuren Geschwindigkeit in der Erde gruben. Mit ihren scharfen langen Krallen hatten sie ein ansehnliches Erdloch am Flussufer gebuddelt und hinter sich einen richtigen kleinen Erdhügel aufgeworfen. Eines der Tierchen kam plötzlich mit einer Wurzel zwischen den langen starken Nagezähnen aus der Vertiefung und warf dabei einen Blick in Richtung der Beobachter. Diese waren, wegen der eigenen Aktivitäten, bisher völlig unbemerkt geblieben. Wie auf ein geheimes Kommando floh die ganze Bande in wilder Hektik in den Wald.

„Mist! Die hätten vielleicht geschmeckt", meinte Proles enttäuscht.

Aurea sah sich das Loch genauer an, welches die Tierchen gegraben hatten. „Hier, Proles, die haben nach diesen Wurzeln gesucht", rief sie und hielt schon ein handliches mit Erde verschmiertes Exemplar in die Höhe. „Die sind bestimmt essbar. Wir kultivieren in unseren Anbaugebieten doch auch eine große Anzahl von Wurzelgemüsen. Die enthalten wichtige Stärke. Wir könnten sie zum Abendessen testen."

Die Schwester sammelte sämtliche Wurzeln aus dem Loch und schaute sich auch das Kraut genauer an, das oberirdisch auf diese nahrhaften Knollen hindeutete. Es hatte große kräftige Blätter mit einem sehr deutlich sichtbaren Adernetz. Sie erinnerte sich, diese Pflanzen schon mehrmals gesehen zu haben. „Hoffen wir, dass die gut schmecken! Die wachsen nämlich hier am Bach massenhaft." Zufrieden schichtete sie ihre Beute auf und half der Schwester dann beim Herrichten eines Lagerplatzes.

Für die Schlafstätte wählten sie ein kleines Buschwerk, dass sie vor ungebetenen Gästen etwas abschirmte. Die Feuerstelle legten sie in der Nähe des Wassers an, damit sie später alle verdächtigen Reste des Essens in den Fluss entsorgen konnten. Die Wurzeln hatten einen leicht süßlichen Geschmack und stellten sowohl roh als auch geröstet einen wahren Genuss dar. Aurea fühlte sich glücklich über diesen besonderen Fund.

Sie tranken anschließend warmen Tee und beobachteten einträchtig von ihrem Lager aus, wie die Sonne über den Bäumen verschwand und sich die Sichel des Mondes mit den Sternen am samtigen Himmel ihre angestammten Plätze für diese Nacht zurückeroberten.

Ein Himmelsschiff zog seine vorgeschriebene Bahn. Und Aurea empfand sich plötzlich so seltsam fern von aller Zivilisation, dass sie laut seufzte.

„Was ist, mein schönes Schwesterlein? Hast du Heimweh?", fragte Proles diesmal ganz ohne provozierenden Unterton. Sie kuschelten sich wortlos aneinander und streichelten sich wieder zärtlich, was Aurea schon so vermisst hatte. Sie versuchte jedoch diesmal nicht, die Schwester zu mehr Hingabe zu bewegen, weil sie die wunderbare Intimität ohne jede Enttäuschung genießen wollte.

Irgendwann würde die wilde Proles den Widerstand aufgeben und sich für sie öffnen. Dessen war sie sich in dem Moment, als sie wieder auf den Wellen eines unvorstellbar ekstatischen Orgasmus' ritt, vollkommen sicher.

Die Bestie

Nach einer überaus friedlichen Nacht sollte der neue Tag große Aufregung für die beiden Freundinnen bereithalten. Nichts in ihrer Umgebung kündete die Bedrohung an, der sie sich auf ihrem Weg entlang des Bachlaufs unaufhaltsam näherten.

Der Himmel lachte strahlender als am Tag zuvor. Auch die Vögel schienen lauter und melodischer zu singen, und die zahlreichen schillernden Insekten summten und brummten dazu die Hintergrundmusik.

Aurea bedauerte sehr, dass sie keines ihrer geliebten Instrumente bei sich trug. In ihr war ein gewaltiges Drängen, sich dem Konzert der Natur mit eigenen zarten Klängen anzuschließen, ja mit ihm zu verschmelzen. Sie fühlte sich tief verbunden mit ihrer Umwelt und vor allem mit Proles, die leise pfeifend mit fröhlichem Schritt vor ihr das Grün durchpflügte. Hin und wieder scheuchte die Schwester dabei kleine Tiere auf, die sofort angstvoll die Flucht ergriffen.

Als sich die Sonne nach diesem herrlich warmen unbeschwerten Tag langsam gegen Westen neigte, beschlossen die Mädchen ihr Lager aufzuschlagen. Der kleine Bach hatte sich merklich verbreitert und auch an Tiefe gewonnen. In dem glasklaren Wasser sprangen jetzt so viele Fische umher, dass sie beinahe mit bloßer Hand zu fangen waren. Mit dem Netz tat sich Proles nicht schwer, in kürzester Zeit für ein reichhaltiges Abendessen zu sorgen. Auch Kräuter, Wurzeln und Pilze gab es hier in Mengen. So saßen die beiden schließlich genüsslich kauend im Gras und freuten sich voller Stolz an dem selbst zubereiteten Mahl.

Aurea leckte gerade gesättigt ihre Finger ab und wollte sich zufrieden nach hinten ins weiche Gras sinken lassen, als plötzlich ein unheimlich heulender Grusellaut die Abenddämmerung durchfuhr. Ganz anders als das laute Brummen, dass sie damals im Wald zu Tode erschreckt hatte und wahrscheinlich von einem großen Bären verursacht worden war, drückte ihnen dieses Heulen die Eingeweide zusammen und fuhr schneidend durch Mark und Bein.

Die Mädchen wurden schlagartig leichenblass. Aber während Aurea in eine Art Starre verfiel, hatte die Schwester mit einem geübten Griff ihre

Waffen parat und stand lauernd neben der Feuerstelle.

Der Angriff der Bestie kam dennoch unvermittelt. Mit ungeahnter Geschwindigkeit erreichte das riesige Tier sie in wenigen Sekunden, nachdem sie die erste schemenhafte Bewegung am Waldrand wahrgenommen hatten. Aurea konnte nur schreien. Sie sah gerade noch ein zotteliges weißes Fell vor den dunklen Bäumen aufleuchten und schon blickte sie in blutunterlaufene Augen und einen von totbringenden Reißzähnen bewehrten Rachen, aus dem eine riesige schwarze Zunge nach Nahrung lechzend zur Seite wehte.

Proles legte sofort mit dem Bogen auf die Bestie an, die sich wie im Flug näherte, fast ohne dass die kräftigen Läufe den Boden berührten. Der Pfeil traf die Brust, blieb aber nicht im Fell stecken. Das Tier schien leicht irritiert, verlor jedoch nicht an Geschwindigkeit. Erst als es sich dem Feuer näherte, schreckte es kurz zurück.

Das nutzte Proles, um ihm geistesgegenwärtig einen zur Hälfte brennenden Ast entgegen zuschleudern. Sofort schlug die Bestie einen kleinen Bogen und setzte unmittelbar zum Sprung auf die wilde Schwester an. Die hielt das große Messer voll Todesangst mit beiden Händen ab-

wehrend vor sich, so dass es sich tief in den an-
fliegenden riesigen pelzigen Körper bohrte.

Die Wucht des Aufpralls warf Proles zu Boden.
Das gewaltige Tier lag mit einem widerlichen
Röcheln auf ihr. Warmes Blut entströmte in Wellen einer klaffenden Wunde. Aurea schrie immer
noch in blinder Hysterie. Sie sah nur überall Blut.
Proles war verschwunden. Ein ekliger Geruch
erfüllte die Luft. Sie übergab sich schmerzvoll
würgend neben der Feuerstelle. Dann fühlte sie
nur noch bleierne Schwäche und fiel jämmerlich
schluchzende kopfüber ins Gras.

Proles sah den röchelnd geöffneten Rachen vor
sich und atmete den bestialischen Gestank des
Tieres ein. Das Gewicht schien ihre Rippen zu
zerdrücken, doch wagte sie es nicht, sich zu rühren. Das große Messer hatte beim Sprung den
Leib des Tieres aufgeschlitzt und steckte jetzt
fest in den Eingeweiden der Bestie.

Langsam breitete sich Totenstille aus. Der letzte
Kampf des Angreifers schien beendet und auch
Aurea hatte keine Kraft mehr zum Weinen. Zitternd und unter äußerster Kraftanstrengung
kroch nun die Kämpferin unter dem pelzigen
stark blutenden Kadaver hervor. Sie sank völlig

erschöpft, blutverschmiert und von den stinkenden Eingeweiden des Tieres besudelt zu Boden.

Wie lange die Mädchen dort gelegen hatten, wussten sie nicht. Es erschien ihnen wie mehrere Stunden. Beide froren, obwohl das Feuer noch Kraft hatte. Ihre nähere Umgebung wurde davon mit ausreichender Helligkeit versorgt, um zu erkennen, dass alles kein böser Traum gewesen war.

Proles rappelte sich endlich steif vom Boden auf und sah an ihrer schmutzigen Kleidung hinunter. „Na, da ist aber eine gründliche Wäsche fällig. Ruf doch mal gleich den Pflegerobo, Schwesterlein", versuchte sie einen hoffnungslos deplatzierten Scherz.

Aurea wandte sich ihr zu und erschrak schon wieder zu Tode. „Bist du verletzt, Proles?", stammelte sie entsetzt und kroch zu ihr hinüber. Das Ungetüm lag völlig regungslos neben der Schwester. Nachdem sie sich beide überzeugt hatten, dass sie noch lebten, bis auf ein paar blaue Flecken unverletzt, die Bestie aber wirklich tot war, beschlossen sie im Fluss zu baden, um den Schmutz und Gestank loszuwerden. Da sie das Feuer wie gewohnt direkt am Flussufer angelegt hatten, warf es seinen zarten flackernden

Schein bis ins Wasser. Sie entkleideten sich beide und wuschen sich gründlich in dem seltsam rötlichen Licht. Proles behielt ihre Leibwäsche an, schamhaft wie sie nun einmal war. Aber Aurea nahm ihr in diesem Moment selbst das nicht übel. Sie war nur froh, dass die Schwester weitgehend unversehrt schien, und sie beide nicht von dem Biest verschlungen worden waren.

Als sie erfrischt und verhältnismäßig sauber gekleidet zum Ort des Geschehens zurückkehrten, betrachtete Proles den Berg aus Fell eingehender. „Das scheint so etwas wie ein Wolf zu sein, nur viel größer als die im Zoo und mit weißem Fell. Wahrscheinlich eine Mutation."

„Das Biest ist einfach nur eklig und stinkt zum Himmel. Können wir das nicht bis morgen hier liegen lassen und jetzt erst mal schlafen gehen?" Aurea gähnte herzhaft und zitterte noch immer leicht.

„Was weißt du über Wölfe, Schwester? Sind sie nicht nachtaktiv und jagen im Rudel?" Proles sprach wie zu sich selbst, während sie versuchte, dem blutigen Tier das Messer aus dem Leib zu winden.

„Was soll das, Proles? Wir haben uns gerade gereinigt! Gleich stinkst du wieder wie vorher", empörte sich die Schwester. „Und du meinst, das ist ein riesiger weißer Wolf? Und es gibt noch mehr davon?" Sie zitterte jetzt wieder heftig am ganzen Körper, und ihre Zähne schlugen klappernd aufeinander.

„Ja, leider! Deshalb brauche ich das Messer und meinen Bogen. Ich werde bis zum Morgen Wache halten. Du kannst dich ruhig hinlegen. Seine Kameraden werden vielleicht von dem Kadaver abgelenkt. Dann haben wir eine Chance, unbemerkt zu bleiben. Wir werden auch das Ultraschallgerät aktivieren. Vielleicht hilft es." Proles wirkte ruhig und überlegen. Sie hatte gerade ein Ungeheuer besiegt und fühlte sich stark genug, es nun auch mit dem Rest der Welt aufzunehmen.

Eine Trophäe

Proles hatte während der Nacht das Feuer nicht ausgehen lassen. Als ihre ängstliche Schwester eingehüllt in die Wärmedecke vor Erschöpfung schlief, lauschte sie am Fuße der Schlafstätte wachsam in die Dunkelheit, um sie beide vor einem weiteren Überraschungsangriff möglichst zu schützen. Kein Tier hatte sich dem Ort des Geschehens genähert, um den riesigen Kadaver zu inspizieren. Nun trat das tapfere Mädchen ans Feuer, rieb sich fröstelnd die Hände und reckte die von der konzentrierten starren Wachhaltung angespannten Glieder.

Im Licht der aufgehenden Sonne wirkte der riesige tote Pelzberg noch bedrohlicher. Sie konnte kaum glauben, was gestern geschehen war und vor allem, dass es *ihr* geschehen war. Immer hatte sie sich nach Abenteuern gesehnt, nach aufregender Abwechslung in ihrem eintönigen Alltag, nach dem irren Kick. Aber dies war eine Spur zu groß, zu echt und zu nah an ihr dran!

Sie kniete neben dem Monster mit blutverschmiertem Fell. Und dann schoss plötzlich *der*

Gedanke durch ihr Gehirn. *Wer würde ihr das alles glauben, wenn sie wieder in ihr altes Leben zurückkehrte?* Was sie und Aurea bisher in der Wildnis erlebt hatten, wäre für die von Robos allseits behüteten Mädchen und Frauen ihrer Gesellschaft unvorstellbar!

Sie brauchten Beweise! Eine Trophäe, das sichtbare Zeichen ihrer bestandenen Abenteuer! Eine greifbare Erinnerung an das schrecklichste Erlebnis ihres jungen Lebens!

Ohne Hast begann sie der Bestie das verschmutzte Fell abzuziehen. Der Gestank war penetrant, aber sie ließ sich davon nicht abhalten. Auch die ekelhaft herausquellenden Innereien konnten sie nicht umstimmen. Sorgfältig, um das riesige aufgeschlitzte Fell nicht noch weiter zu beschädigen, arbeitete sie sich mit dem großen scharfen Messer zwischen Fleisch und Lederhaut entlang. Als Aurea endlich erwachte, war sie in ihrer Arbeit schon weit fortgeschritten. Die verschlafene Schwester rieb sich die Augen und blinzelte sie verstört an.

„Willst du das Biest etwa verspeisen?", fragte sie ungläubig, um sich sofort würgend die Nase zuzuhalten.

„Ne, keine Angst, Schwesterlein! Ich fange uns nachher ein paar Fische. Von Wild hab auch ich erst mal die Nase voll!" Proles stieß einen zufriedenen Pfiff aus, setzte den letzten gekonnten Hieb und löste so das Fell vom Körper des Wolfes. „So, jetzt können wir den Kadaver im Fluss entsorgen. Vielleicht gehen die Fischlein dann leichter ins Netz!"

Die beiden Mädchen zogen und zerrten den blutigen Fleischberg in den Fluss. Und während sie sich anschließend am Ufer von Blut und Schmutz reinigten, schaute Aurea noch immer angstvoll auf die riesigen scharfen Reißzähne, die direkt unter der glitzernden Wasseroberfläche aus dem gierigen Rachen grinsten. Das Blut bildete rote Wolken innerhalb des kristallklaren Wassers, die erbarmungslos von der Strömung weggezerrt wurden.

„Es war ein Weibchen", meinte Proles nachdenklich. „Ich hab ihre Zitzen gesehen. Sie hatte Milch."

„Wie groß müssen dann erst die Männchen sein?" Die blonde Schwester schauderte bei dem Gedanken.

Sie beschlossen, die Feuerstelle um mehrere hundert Meter zu verlegen, da sie den gefährlichen Blutgeruch nicht entfernen konnten. Proles kehrte, während Aurea das neue Feuer entfachte, noch einmal zum alten Lagerplatz zurück, um das Fell grob zu waschen und ein paar Fische zu fangen. Da das Fell anschließend nass und sehr schwer war, ließ sie es erst mal in der Sonne liegen, um es später weiter zu bearbeiten.

Aurea schimpfte während des Frühstücks aufgebracht, weil sie keinesfalls diese stinkende Trophäe mitzunehmen gedachte. Am liebsten würde sie jede Erinnerung an den vergangenen Abend auslöschen.

„Hast du dir überlegt, dass dieses riesige Fell ein furchtbares Gewicht hat? Wie sollen wir damit zügig voran kommen? Außerdem wirst du den Gestank auch nicht mit Wasser beseitigen können. Wilde Tiere stinken nun mal. Wir kennen das doch aus dem Zoo!"

Proles hörte eine Weile schweigend und mit gesenktem Kopf zu. Sie schien sich nur auf ihren knusprigen Fisch zu konzentrieren. Dann warf sie plötzlich mit einem entschlossenen Ausdruck die abgenagte Gräte ins Feuer und sagte ganz ruhig aber bestimmt: „Schwesterlein, das ist beschlossene Sache, deshalb nützen dir keine weiteren Diskussionen!"

So verbrachten die beiden den Rest des Tages getrennt. Die Wilde kümmerte sich um die weitere Bearbeitung des Fells. Sie benutzte dazu Steine, die sie im Flussbett fand. In einer ihrer Animationen hatte sie Robos gesehen, die Tierfelle bearbeiteten und präparierten. Ihr schwebte vor, dass die Lederhaut gründlich von allen Fleischresten gesäubert und durch intensives Reiben mit einem Stein gewalkt werden könnte, um sie geschmeidig zu machen.

Natürlich wusste sie nicht, ob das Ergebnis zufriedenstellend sein würde, aber sie rechnete ohnehin damit, bald nach Hause zu kommen. Dann könnte sie sich fachliche Hilfe besorgen. Das beeindruckende weiße Wolfsfell würde ihrem Zimmer das passende Ambiente verleihen.

Aurea suchte nach Beeren, Kräutern und Wurzeln, wobei sie nicht mehr unbeschwert wirkte. Angstvoll warf sie immer wieder forschende Blicke zum Waldrand. Glücklicherweise war die Schwester in Sichtweite. Sie konnte sie jederzeit mit einem lauten Schrei herbeirufen.

Gegen Abend saßen sie dann wieder halbwegs einträchtig ums Feuer. Jedes der beiden Mädchen war müde von der Beschäftigung des Tages und nicht daran interessiert, irgendwelche sinnlosen Streitgespräche zu führen. Proles litt wegen der durchwachten Nacht außerdem an einem Schlafdefizit. Sie hatte das umstrittene Fell vorsichtshalber beim alten Lagerplatz zurückgelassen und beabsichtigte es erst am nächsten Tag zu holen, wenn sie endgültig weiterzuziehen gedachten.

„Damit wir heute Nacht beide schlafen können, legen wir uns in einen großen Ring aus Feuerstellen. Das werden die wilden Tiere auf jeden Fall meiden. Du hast gesehen, wie selbst die riesige Wölfin vor dem Feuer zurückschreckte. Vielleicht ist es ihnen auch nicht möglich, durch den Brandgeruch unsere Witterung aufzunehmen", meinte Proles. „Der Rauch steigt heute steil nach oben, da sollten wir selbst relativ unbehelligt davon bleiben."

„Ich habe reichlich Feuerholz gesammelt, weil ich schon dachte, dass wir mehrere Feuer benötigen werden, um uns zu schützen." Aurea sah ihre Schwester jetzt stolz an, dass sie ihrerseits soviel Weitsicht besessen hatte.

So verbrachten sie die Nacht in dem schützenden Feuerkreis. Es war warm und beruhigend hell, sodass der Schlaf sie bald überwältigte und bis zum Morgengrauen nicht aus seinen lähmenden Fängen entließ.

Nachwuchs

Aurea dachte noch zu träumen, während das leise Heulen wie von fern an ihr Ohr drang. Als sie die Augen widerwillig öffnete, stand die Schwester schon bewaffnet und kampfbereit im Kreis der fast erloschenen Feuer. Der Morgen war nur zart zu erahnen. Noch überwogen die grauen Schatten. Und die Gestirne des Nachthimmels hatten bisher kaum an Glanz eingebüßt.

„Wieder ein Wolf", flüsterte Proles. „Aber er scheint sehr weit weg zu sein. Das Heulen ist viel leiser. Vielleicht haben wir Glück, dass uns das Biest bis zum Sonnenaufgang nicht entdeckt!"

Aurea griff nach einigen trockenen Ästen und warf sie ringsum in die glimmenden Feuerstellen, um sie anzufachen. Die Flammen begannen kurz darauf wieder zu züngeln. Wärme und Helligkeit breiteten sich im Innern des Kreises aus und gaben den Mädchen ein gewisses Gefühl von Sicherheit.

Wieder und wieder erklang das ferne Heulen. Es wirkte fast wie ein Klageruf und schien nicht aus der Richtung des Waldrandes sondern eher vom Fluss zu kommen. Den Mädchen blieb nichts anderes übrig, als den Aufgang der Sonne abzuwarten. Im Zwielicht hatten die wilden nachtaktiven Tiere ihnen einiges voraus, weil ihre Sinne besser angepasst waren.

Mit dem dritten Auge, wäre es denn noch aktiv, waren die Frauen extrem gut ausgestattet gewesen. Es gab praktisch keine vollkommen unsichtbaren Bereiche für sie, aber die Schwestern hatten sich dieser so wundervollen Gabe ja ganz bewusst entledigt. So ruhten die zusätzlichen Augen nun blind und nutzlos auf den schön geschwungenen Stirnen der Mädchen.

Die Zeit zog sich in unerträglicher Anspannung dahin. Das Heulen wurde hin und wieder unterbrochen, nur um dann mit größerer Inbrunst erneut zu beginnen. Als der Tag endlich anbrach, begannen wie üblich die Vogelstimmen die Vorherrschaft zu beanspruchen. Von dem Heulen war zur Erleichterung der Mädchen nichts mehr zu vernehmen. Besorgt tasteten sie den Waldrand und die sonstige Umgebung mit ihren Augen ab, aber die Ursache der nächtlichen Störung war nirgends auszumachen.

Da die Feuer noch brannten, brieten sie sich eilig einige Fische und Wurzeln, denn sie wollten den Ort so schnell wie möglich verlassen, um nicht noch weitere Ungeheuer anzulocken.

Der Grenzwall konnte nun nicht mehr weit entfernt sein. Sie würden dort versuchen, die Wächterinnen auf sich aufmerksam zu machen und ihre Strafe, egal wie sie aussah, gern über sich ergehen lassen. Da sie beide minderjährig waren, konnte alles nicht so schlimm werden. Wahrscheinlich würde ihr kleiner „Ausflug" noch als dummer Streich gelten, und sie bekamen nur einen strengen Verweis vom Matriarchat.

Aurea packte unter derartigen Gedanken ihre Sachen zusammen, während Proles sich aufmachte, um ihre heißgeliebte Trophäe zu holen. Sie beabsichtigte das Fell zusammenzuschnüren und sich über die Schulter zu legen. Für einen Tag sollte es ihr nicht zu schwer werden. Und sie konnten hier am Fluss notfalls auch in kürzeren Abständen rasten.

Die mutige Schwester wunderte sich später, dass ihr auf dem Weg zur alten Lagerstätte nicht schon eher etwas aufgefallen war. Aber das kleine Wesen hatte sich gleich neben dem in der Sonne trocknenden Fell ins hohe Gras geschmiegt. So bemerkte das Mädchen es erst im letzten Augenblick. Nun sah sie plötzlich in zwei große traurige rote Augen, die sie aus einem weißen Fellknäuel angstvoll musterten. Dann winselte das Tierchen wie ein geschlagener Hund und schlängelte sich langsam durchs Gras. Es wirkte unsicher, ob es fliehen oder auf dieses seltsame ihm unbekannte Wesen zukriechen sollte.

„Was machst du denn hier? War das vielleicht deine Mutter?" Proles bückte sich nach dem tierischen Waisenkind, wurde aber von einem knurrend gefletschten Kiefer daran erinnert, dass es sich um einen jungen Wolf handelte.

„Oh, du bist angriffslustig?", lachte sie milde. „Wahrscheinlich bist du hungrig. Ich fange dir gleich einen Fisch. Du kannst ja nichts dafür, dass deine bestialische Mutter uns fressen wollte."

Proles fütterte das Wolfsjunge mit zwei Fischen, die von dem Tier dankbar angenommen wurden. Während es knurrend fraß, packte sie das Fell zu einem großen Bündel und hievte es unter ziemlicher Kraftanstrengung über ihre Schulter. Ohne einen Blick zurückzuwerfen, entfernte sie sich dann zügig von der Stelle ihres ersten großen Kampfes und stapfte mit eisernem Willen durch das morgenfeuchte Grün, um ihre Schwester bei den Feuern abzuholen.

„Komm, Schwesterlein, wir wollen sofort los. Ich kann das schwere Fell nicht dauernd hochhieven. Hast du alles gepackt?"

Proles stand breitbeinig im Gras, über einer Schulter die Fellrolle, über der anderen den Bogen und in der Rechten das hilfreiche große Messer. Aurea fand die mutige starke Schwester beeindruckend. Sie wirkte in diesem Moment wie eine Verkörperung von Venia, der ersten großen weisen Frau. Deshalb störte es sie nicht, dass sie nun zwangsläufig ihre gesamte Habe allein tragen musste.

Doch plötzlich nahm sie eine Bewegung im Uferbewuchs direkt hinter der Schwester wahr. Sie stieß einen erschreckten spitzen Schrei aus, der mit einem leisen Knurren beantwortet wurde.

„Proles, da ist etwas! Das knurrt! Ich glaube es ist weiß." Sie ließ bei diesen Worten das Gepäck zu Boden fallen und flüchtete zurück in den niedergebrannten Feuerkreis.

Die Schwarzgelockte wandte sich ohne die geringste Spur von Angst um, ein breites Lachen spielte auf ihren Lippen.

„Ach, da bist du ja, du kleiner Schlaukopf", rief sie aus. „Denkst wohl, ich hab noch mehr zum Fressen?" Zu Aurea gewandt erklärte sie: „Das scheint ein Junges von der Wölfin zu sein. Jedenfalls sieht es ihr ähnlich. Es lag neben dem Fell und war halbverhungert. Da hab ich ihm etwas Fisch hingeworfen. Hoffentlich denkt es jetzt nicht, ich bin seine Mutter!"

„Was soll aus dem Winzling werden, so ganz allein in der Wildnis?", fragte Aurea, als sie sich davon überzeugt hatte, dass es sich wirklich um ein Jungtier handelte. Inzwischen lag das jammervolle Kleine wieder leise winselnd im Gras.

„Ja, es scheint wohl kein Rudel zu geben, das den kleinen Wolf schützt. Oder er hat den Anschluss verloren", sinnierte Proles. „Der wird allein nicht überleben. Er muss noch gefüttert werden."

„Wir könnten ihm immer ein paar Abfälle von unseren Mahlzeiten geben. Natürlich nur, bis wir den Grenzwall erreichen. Ich glaube kaum, dass wir ihn behalten dürfen." Die Blonde hatte Mut gefasst und trat nun ganz nah an das Tierchen heran, das sich angstvoll flach auf den Boden drückte. Als sie ihre Hand nach ihm ausstreckte, um es zu berühren, fletschte es jedoch plötzlich die Zähne und knurrte böse.

„Pass auf, Schwesterlein, es ist vollkommen wild. Es kennt keine Frauen und hat sehr viel Angst. Das kann gefährlich sein, bei dem Kiefer!"

„Dann lass es uns lieber nicht mitnehmen. Wer weiß, ob es uns im Schlaf angreift. Vielleicht sucht sein Rudel auch nach ihm, und die Bestien verfolgen uns", gab Aurea zu bedenken.

Sie merkten aber, sobald sie sich wieder in Bewegung setzten, dass es nicht in ihrer Macht stand, darüber zu entscheiden. Das Jungtier folgte ihnen in einem gebührenden Abstand. Wenn sie rasteten, legte sich auch der kleine Wolf ins Gras und sobald sie wieder aufbrachen, trottete er geduldig hinter ihnen her. So mussten sie sich zwangsläufig mit dem Gedanken anfreunden, ab jetzt zu dritt zu sein.

Trennung

Da sie am Vortag nur langsam vorankamen und den Grenzwall noch immer nicht entdeckt hatten, waren sie gezwungen gewesen, abermals ein möglichst sicheres Lager aufzuschlagen. Wieder positionierten sie sich mit ihrem Gepäck zwischen schützenden Feuern. Nur das Fell ließen sie vorsichtshalber in einiger Entfernung liegen. Dort hielt der kleine Wolf, den Proles inzwischen *Schlaukopf* getauft hatte, geduldig Wache. Die Nachtruhe war nur dreimal von seinem klagenden Heulen gestört worden. Und so hatten die Mädchen einigermaßen friedlich geschlafen.

Sobald sich die ersten Bewegungen bei den Feuern zeigten, kam Schlaukopf näher geschlichen. Dann blickte er abwartend zu Proles, ob von dort wieder ein Leckerbissen für ihn abfiel. Das Mädchen registrierte das Interesse des Tieres und sprach leise und ruhig zu ihm, während sie das Feuer entfachte und ihre Angelutensilien routiniert zusammensuchte.

Aurea bereitete ein paar Knollen zum Braten vor, und ihre Schwester machte sich zum Fluss auf, um für Eiweißnachschub zu sorgen. Der niedliche junge Wolf blieb mit zur Seite geneigtem Kopf abwartend am Ufer hocken, während die junge Frau barfuß im Wasser fischte.

Proles sonderte sofort ein paar kleinere Fische für Schlaukopf aus und der fiel ohne Federlesens darüber her, als habe er tagelang nicht gefressen. Anschließend löschte er in gierigen Zügen seinen Durst am klaren Wasser des Flusses, während die Schwestern in Ruhe das erste Mahl des Tages einnahmen.

„Nun hast du auch ein Tier, Proles. Was wird nur Roxi dazu sagen, wenn wir erst wieder zuhause sind?", wandte sich Aurea mit vollem Mund an die ebenfalls genüsslich kauende Schwester.

Diese hob den rustikalen Becher an die fettigen Lippen, nahm einen tüchtigen Schluck und meinte dann lächelnd: „Ganz in Ruhe abwarten, mein voreiliges Schwesterlein! Erst müssen wir zum Grenzwall, dann sehen wir weiter. Jedenfalls finde ich Schlaukopf viel niedlicher als deine Katze Largiri. Er ist einfach sehr klug und treu und nicht so furchtbar verwöhnt."

Sie warf einen zärtlichen Blick auf das weiße Fellknäuel, das sich einige Meter von ihnen entfernt im Gras beleckte. Sobald es Proles' Augen auf sich gerichtet wusste, blickte das Tier sie fragend an und setzte sich aufmerksam hin.

„Ja, kluger kleiner Schlaukopf", lobte die junge Frau das Wolfskind begeistert.

Sie fühlten sich an diesem sonnigen Morgen alle miteinander so wohl und unbeschwert, dass die Schwestern den Aufbruch endlos hinauszögerten. Aber irgendwann, als die Sonne schon fast im Zenit stand, fanden sie keinen rationalen Grund mehr, an diesem Lagerplatz länger zu verweilen.

Während sie in gemächlichem Tempo und mit ausreichend langen Erholungspausen weiter dem Verlauf des Flusses folgten, trottete der kleine Wolf fügsam hinterdrein. Proles hatte das Gefühl, dass er bei jedem Füttern zutraulicher wurde. Er knurrte jetzt nur noch, wenn er fraß. Sonst sah er sie stets abwartend aus seinen klugen roten Augen an. Sie ahnte, dass er sich bald ohne Widerstand anfassen lassen würde. Es brauchte etwas Geduld, aber die würde sie gern aufbringen.

Der Fluss war bisher im wesentlichen in östlicher Richtung geflossen, wo Proles ungefähr den Grenzwall vermutete, nun machte er jedoch einen großen Bogen und strebte dem Norden zu.
274

„Wir müssen uns wohl oder übel vom Fluss trennen, wenn wir weiter in derselben Richtung nach der Grenze suchen wollen. Was ich für die sinnvollste Möglichkeit halte, denn die Himmelsrichtungen erscheinen mir in dieser Wildnis das einzig Verlässliche zu sein", wandte Proles sich an ihre Schwester.

„Ja, aber hier ist alles besser mit der Verpflegung und so. Außerdem kommen wir im unwegsamen Wald mit dem ganzen Gepäck noch langsamer voran. Du musst bedenken, dass wir auch Wasser mitschleppen müssten", nörgelte Aurea und ließ sich gleich wieder mutlos ins Gras sinken. Sofort legte auch Schlaukopf sich nieder und bettete erwartungsvoll die Schnauze auf seine ausgestreckten Pfoten.

„Was willst du eigentlich, Schwesterlein? Wenn wir je wieder nach Hause wollen, müssen wir es irgendwie allein schaffen. Du bist doch nicht wirklich immer noch der Meinung, dass irgendwer hier nach uns sucht?" Proles wirkte genervt. Doch dann besann sie sich und fügte versöhnlich hinzu: „Ich sehe natürlich, dass ich für heute von euch beiden überstimmt bin. Wir können gern bis zum Morgen noch hier am Fluss bleiben. So haben wir genug Zeit, uns Proviant für den Weg zu suchen."

Aurea war fürs erste beruhigt. Sie musste einsehen, dass die Schwester recht hatte. Denn ihr fiel auch keine bessere Lösung für ihre verzwickte Lage ein. So machte sie sich gleich an die Arbeit und grub nach Wurzeln. Proles ging gefolgt von Schlaukopf in den Wald, um Feuerholz zu sammeln.

Nachdem sie die Wurzeln am Lagerplatz aufgestapelt hatte, säuberte sich Aurea ausgiebig im Fluss, zog sich von der selbstgewaschenen und in der Sonne getrockneten Kleidung an und ließ das feuchte Haar offen im milden Abendwind wehen. Dabei sang sie ein kleines fröhliches Lied und sammelte ganz versonnen noch ein paar süße Beeren, die hier gerade in rauen Mengen wuchsen.

Als sie hinter sich das leise Knacken eines Zweiges wahrnahm, wandte sie sich freudestrahlend um und wollte Proles eine Handvoll der süßen Früchte entgegenstrecken.

Das Lächeln erstarb in ihrem Gesicht, da sie sich unvermittelt einer Gruppe furchterregender fremder Wesen gegenüber sah. Die Beeren kullerten aus ihrer Hand und der Schrei, der schmerzhaft in ihrer Kehle feststeckte, wollte nicht heraus.

Da waren sie auch schon bei ihr!

Kräftige Hände packten sie überall und rissen sie so rasant von den Beinen, dass ihr schwindlig wurde. Jemand drückte sie kopfüber ins Gras, sodass sie weder etwas sehen noch schreien konnte. Dann pressten sie ihr ein Knäuel aus Blättern in den Mund, fesselten sie an Händen und Füßen und schleppten sie mühelos mit sich fort, als habe sie keinerlei Gewicht.

Aurea sah nur sehr bleiche Haut, die mit seltsamen dunklen Verzierungen versehen war. Danach wurde ihr schwarz vor Augen, und sie fiel in einen bewusstlosen Zustand.

Fortsetzung folgt im nächsten Band!

Danksagung

Ich danke meinem lieben Mann für seine vielfältige Unterstützung und Geduld. Ohne ihn wäre es mir nicht möglich, mein zeitaufwendiges Hobby auszuüben.

Die vielen Menschen, die mehr oder weniger zufällig meinen Weg kreuzten, und bewusst oder unbewusst zahlreiche Anregungen zu meinen Geschichten lieferten, besitzen für immer einen besonderen Platz in meinem Herzen.

Nicht zuletzt gilt meine Dankbarkeit meinen LeserInnen, die meine Bücher fortwährend mittels ihrer eigenen Fantasie zum Leben erwecken.

Marion Scheer

Zur Autorin

Marion Scheer wurde 1952 in Düsseldorf geboren. Im Anschluss an eine Banklehre und einige Jahre als Sachbearbeiterin bei einer Düsseldorfer Großbank, studierte sie Mathematik, Geografie und Geschichte auf Lehramt. Sie lebt und arbeitet seit fast vierzig Jahren an der ostfriesischen Nordseeküste und ist mehrfache Mutter und Oma. Solange sie schreiben kann, betreibt sie in ihrer Freizeit die Schriftstellerei. Dabei verarbeitet sie vorwiegend tatsächliche Begebenheiten und Erlebnisse zu Fantasiegeschichten. Leider verhinderten mehrere schwere Schicksalsschläge, dass ihre Romane schon früher veröffentlicht wurden.

Heute lebt die Schriftstellerin mit ihrem jetzigen Ehemann zurückgezogen in der Nähe von Emden.

Kontakt: mascheer@gmx.net

Erklärungen zum Inhalt:

Animation: von kristallinen Speichermedien mittels MFA abrufbare wirklichkeitsnahe raumfüllende Darstellungen der Realität, dienen der Unterhaltung oder Information

Drittes Auge: Facettenauge auf der Stirn der Frauen, fest eingepflanzt, ohne Lid, blinkt emotional oder kann trüb wirken, blinkt bläulich bei Gedankenbefehlen, erfüllt verschiedene Funktionen in Verbindung mit dem MFA, hat ein größeres Sichtspektrum als das normale Auge, sendet bei Bedarf einen roten Lichtstrahl aus

Gleiter: fliegendes Fortbewegungsmittel der Frauen wird mittels MFA gesteuert

Homomaskuline: gezüchtete stark behaarte männliche Wesen, von den Frauen ausschließlich im Zoo gehalten, aggressiv und tierähnlich, keiner Sprache mächtig

Kristalline Energie: umweltfreundliche erneuerbare Energie der Zukunft, wird in Energiekristallen oder –folien gespeichert

Largiri: Aureas Schmusetier, eine neue Katzenzüchtung mit langem lila Fell

Multifunktionsarmband (MFA): fest mit dem Handgelenk verwachsenes Identifikations- und Ortungsmittel in der Gesellschaft der Frauen, ermöglicht Zugriff auf alle öffentlich zugänglichen Wissensquellen und Steuerung der Roboter, außerdem Vernetzung der Frauen untereinander

Robo: intelligente maschinelle Hilfskraft der Frauen, wird für bestimmte Zwecke programmiert und durch das MFA gesteuert

Schlaukopf: Proles gezähmter weißer Wolf

Die Frauen:

Aurea, Hauptperson, hübsche sehr intelligente goldblonde junge Frau

Anima, Aureas Mutter, kühle sehr beschäftigte Wissenschaftlerin mit wechselnden Liebschaften

Proles, Aureas neue Schwester und enge Freundin, wild, aufsässig und unberechenbar mit gefährlichen Ideen

Doktorin Ferox, genannt Roxi, Mutter von Proles und neue Lebensgefährtin von Anima, arbeitet mit großem Eifer in der Homomaskulinen-Forschung

Doktorin Pokratia, genannt Pok, geachtete dunkelhäutige Ärztin und ehemalige beste Freundin von Roxi

Doktorin Sella, Aureas Therapeutin, die die Entwicklung der jungen Frauen unterstützend begleitet

Frau Opis, Aureas Lehrerin

Fama, Puella, Alia, Gravis, Dura, Aureas Mitschülerinnen

Matriarchinnen: die drei höchsten Damen, gewähltes Führungstriumvirat und Gerichtsinstanz in der Gesellschaft der Frauen

Venia, erste Anführerin der Frauen nach der großen nuklearen Katastrophe, Gründerin der Gemeinschaft, glorifizierte historische Figur

Und so geht es im nächsten Buch weiter:

Aurea wird von Proles getrennt und befindet sich in der Gewalt der *Fahlen*, die sich selbst *Das neue Volk* nennen. Sie leben mit archaischen Ritualen isoliert im Urwald und sind sehr auf ihre Arterhaltung bedacht.

Anima und deren Lebensgefährtin Roxi versuchen unterdessen alles, um die im Urwald verschollenen Töchter zurückzuholen. Dabei bereiten ihnen die Matriarchinnen und die Justiz in der Frauengesellschaft ungeahnte Schwierigkeiten. Obwohl wenig Aussicht darauf besteht, Aurea und Proles noch lebend wiederzufinden, drängen die Mütter auf eine Expedition in den Urwald.

Die Ausreißerinnen beginnen bereits sich notgedrungen, jede auf ihre Weise, mit den neuen Realitäten und unbekannten Herausforderungen im Urwald abzufinden, als sich durch eine plötzliche Wendung des Schicksals alles wieder dramatisch verändert. Werden sie unbeschadet in die Gesellschaft der Frauen zurückkehren?

Lesen Sie bitte weiter im nächsten Band:

Aurea von Fahlen verschleppt

Folgende Bücher von **Marion Scheer**
sind ebenfalls in diesem Verlag
erschienen:

Die Frau des Quacksalbers
(Ostfrieslandkrimi)
Die Deichhexe
(Ostfrieslandkrimi)
Hundeverbot
(Ostfrieslandkrimi)
Das Mädchen vom Sperrwerk
(Ostfrieslandkrimi**)**
Schutzlose Räume
(Ostfrieslandkrimi)
Von Tieren und Menschen
(kleine Geschichten)
Drachenliebe
(fantastische Geschichte)
Schmerzliebchen
(Frauenschicksal)
**Von Mäusen, Mördern und
Memoiren**
(Roman)
Scherenschnitte
(Frauengeschichten)